THORSTEN SPANUTH

OCHSENRITT

AF237765

Thorsten Spanuth

Ochsenritt

Roman

Bibliografische Information der Deutschen Nationalbibliothek:
Die Deutsche Nationalbibliothek verzeichnet diese Publikation
in der Deutschen Bibliografie; detaillierte bibliografische Daten
sind im Internet über dnb.dnb.de abrufbar.

ISBN: 9783754357736

Herstellung und Verlag:
BoD – Books on Demand, Norderstedt

Meinem Vater

1

In der letzten Zeit schlief er schlecht. Nicht weil er sich mehr Sorgen machte als sonst, nein, es war die Unruhe seiner Frau, die neben ihm schlief. Diese zuckte manchmal im Schlaf, als ob sie sich erschrocken hätte oder boxte oder trat ihn mit einem Bein oder Knie unwillkürlich in die Seite. Ihre Unruhe kam nicht von ungefähr, denn sie war hochschwanger, konnte in keiner Position richtig liegen, ohne dass es ihr auf Dauer Schmerzen bereitete. Manchmal konnte er regelrecht spüren, dass der Auslöser das ungeborene Kind war, dass in ihrem Bauch seinerseits strampelte, boxte oder trat.

Eigentlich wäre er ärgerlich über diese nächtlichen Unterbrechungen aber er versuchte sich damit zu beruhigen, dass es zumindest ein gutes Zeichen sei. Das Kind lebt, es hat Kraft und wird sicher ein Junge.

Aber wieder einzuschlafen, das fiel ihm schwer. Er lag auf dem Rücken und starrte an die Decke. Ihre wievielte Schwangerschaft ist das jetzt eigentlich? Er musste konzentriert darüber nachdenken. Ja, es müsste wohl ihre zwölfte sein. Sie sind jetzt fast zwanzig Jahre verheiratet, haben sieben Kinder, zwei sind kurz nach der Geburt gestorben und zwei weitere musste sie schon weit vorher gehen lassen.

Sie ist eine tapfere Frau, eine starke Frau. Er strich ihr liebevoll über die Wange, sie atmete einmal tief, aber sie schlief, hatte es nicht gemerkt.

Er konnte nicht wieder einschlafen, denn heute muss er nach Altengörs raus und will sich acht Taler verdienen, nein nicht will, er muss sie mit nach Hause bringen, wenn es nicht wieder losgehen soll, mit dem Hunger schieben. Zumal jetzt, wo seine Frau kurz vor der Niederkunft steht, das dauert bestimmt nur noch ein paar Wochen, dann muss er dafür sorgen, dass sie was zum Kochen haben.

Es wird schon werden. Er hatte eigentlich immer Glück gehabt im Leben. Wenn der Friedrich Wilhelm nicht gewesen wär', mit seiner Kanonade um Holstein und Schleswig von den Dänen zu befreien, ja, dann wäre er vielleicht ein einfacher Knecht, zöge jetzt in der Winterszeit von Hof zu Hof, um irgendwo ein Dach über dem Kopf zu haben und eine Schale Kohlsuppe am Tag.

So hatten die Häscher des Königs seine Brüder alle nach und nach abgeholt und für die Armeen rekrutiert und alle, ausnahmslos alle, sind nicht mehr zurückgekehrt. Er, Wilhelm, war damals erst weniger als fünfzehn Jahre alt, der fünfte Sohn in der Reihe, nein, ohne den Preußen hätte er niemals den Hof geerbt. Der Vater hatte immer gesagt, nein, den Hof kann er nicht noch einmal teilen, wie sein Vater es noch getan hatte, und sein Vater davor. Nein, das Land reicht nicht mehr, eine Familie zu ernähren, wenn man es nochmal unter den Erben aufteilt. Und so blieb er als einziger Jung' in der Reihe übrig. Die Schwestern wurden alle auf andere Höfe verheiratet und er, er ganz allein behielt den Hof, nachdem Vater und Mutter verstorben waren. Ja und seine Catherine konnte er heiraten, seine liebste und einzige Liebe, die er schon als Knirps kennengelernt hatte. Das wäre nie was geworden, ohne den Hof.

Die Liese brüllte, schon die ganze Zeit während er vor sich hinträumte. Ja, sie wollte gemolken werden. Normal steht Catherine auf, aber sie grunzte unruhig, merkte wohl im Schlaf, dass sie raus müsste zur Kuh, wachte aber nicht auf.

Jetzt brüllte auch der Karli, der Ochse, der sich wohl ärgerte über die Kuh, die ihn nicht schlafen lassen wollte.

Wilhelm stand auf, zog sich seine Hose über, spannte die Hosenträger und zog ein Linnernes darüber, dann stieg er die Treppe hinab und ging in den Stall. Er entzündete die Talgleuchte und ging auf den Verschlag zu, in dem die Kuh steht. Sie schwieg still in dem Moment, wo das Licht anging, schaute ihn aber jetzt blöd an, als sie feststellte, dass nicht die Catherine kommt, sondern er.

Den Schemel unterm Hintern, den Eimer in der Hand zog er ihre Zitzen lang und fing an zu melken. Die Liese brummte zufrieden. Zwei Liter kommen zusammen, was den Wilhelm erstaunte, wo doch die Kuh jetzt im Herbst kaum mehr rauskommt, weil das Gras kurz und manchmal schon von Reif oder sogar Schnee bedeckt ist und sie nur Heu aus dem Sommer zu fressen bekommt. Er gab ihr einen Klaps auf den Hals und ging wieder nach vorn, in das Wohnhaus.

Catherine stand in der Küche, zog sich ihre wollene Jacke an und versuchte sie über den Bauch zu ziehen. Aber sie war recht eng passte nicht recht. Mit dem Schürhaken schob sie im Herd die Asche durch das Rost und legte ein paar Scheite nach. Das Feuer war fast aus. Sie musste in die restliche Glut hineinblasen, um das Feuer wieder zu entfachen. Es wollte nicht recht. Sie fing an zu husten und musste sich setzen. Wilhelm nahm ihr den Schürhaken aus der Hand, schob die seitlichen Schieber weiter auf, damit die Luftzufuhr stärker wurde und ließ die Restglut etwas auflodern. Schon zeigten sich ein paar kleine leuchtende Flammen, die schnell das Holz zu entzünden begannen. Er schob die Herdringe wieder zurück und Catherine stellte den Wasserkessel darauf, den sie zuvor draußen an der Pumpe gefüllt hatte.

Sie ging rüber an die kleinen Verschläge, in denen die Kinder ihre Schlafnischen haben und weckte die drei ältesten Jungen. Der Große sollte aufstehen, weil er sich ans frühe Aufstehen gewöhnen sollte, die beiden anderen sollen sich fertigmachen, denn sie müssen ihren täglichen Marsch zur Schule nach Wittenborn machen. Und das sind schon ein paar Meilen quer über Felder und Wiesen und sie trödeln immer, schauen hier und schauen da, reden dummes

Zeug miteinander, albern herum und verpassen die Zeit. Sie schickt sie immer so zeitig los, dass sie so viel trödeln können, wie sie wollen. Sosehr sie auch trödeln, sie kommen dann immer noch pünktlich zur Schule. Irgendwann werden sie es schon seinlassen mit dem trödeln, wenn sie merken, dass sie dafür länger schlafen können.

Catherine kochte Tee und weichte Hafer im heißen Wasser ein. Die Minze bewahrt sie in einer Blechdose auf, die erntet sie in Abständen am Haus, wo sie wie Unkraut wächst, schneidet sie etwas klein und lässt sie trocknen, dann hält sie sich durch den Winter. Bei dem Hafer muss sie schauen. Der ging jetzt schon zur Neige. Die Ernte war wieder miserabel. Sie müssen sich für die nächste Aussaat was überlegen. Aber Wilhelm will keine Kartoffeln setzen, die werden ihnen immer nur geklaut, das hat kein Zweck, den Hafer klaut keiner vom Feld.

Ja, sie hatten Kartoffeln, vor zwei Jahren, da hatte sie sich durchgesetzt bei Wilhelm, aber die Kinder hatten bis in den Herbst draußen geschlafen am Feldrand, um die Kartoffeln zu bewachen, trotzdem wurden viele geklaut. Nein, das wird wohl nichts mit Kartoffeln. Aber irgendwas anderes müssen sie jetzt anbauen. Sie kann keinen Hafer mehr sehen.

Wilhelm ging nochmal in den Stall. Er will nach dem Karli schauen, seinem alten Ochsen. Er ist der Einzige in der ganzen Umgegend, der einen Ochsen hält. Alle anderen schlachten ihre Jungbullen sobald ein bisschen Fleisch an ihnen dran ist oder sogar schon früher als kleines Kalb, wenn sie Hunger leiden und nicht genug Futter für alle Rindviecher haben.

Aber damit ist er auch der Einzige, der den anderen Bauern einen Ochsen zuführen kann um deren Kühe zu decken. Und so konnte er in den letzten Jahren mit Karli ein ganz ordentliches Geschäft machen, verdiente so einige Taler und brachte oft für seine Familie wertvolle andere Naturalien mit: Eier, Kartoffeln, Rüben aber auch von den Anderen hergestellte Speisen, wie Käse, Schinken oder Pökelfleisch.

Aber er hat ihn verpasst, den richtigen Termin, den Karli schlachten zu lassen. Jetzt ist er schon recht alt und er muss ihm richtiggehend helfen, damit er es noch schafft, die Kühe zu besteigen und meckern tun die anderen Bauern auch schon wegen dem Karli, lachen ihn sogar manchmal aus, wegen seinem alten Ochsen. Er hätte schon viel früher einen Jungen nachwachsen lassen müssen aber sie hatten nie genug Geld und Futter für zwei Ochsen.

Der Hermann hatte ihm schon vor Jahren angeboten, den Karli zu schlachten und das Fleisch zu pökeln und Wurst daraus zu machen. Aber er hatte es durchgerechnet, es würde nichts für ihn übrigbleiben. Sie bekämen ein wenig Wurst und Fleisch als Bezahlung, aber der Karli ist dann weg, er kann dann kein Geld mehr verdienen und sie müssen mindestens einen Winter Hungers leiden. Ja und einen neuen Ochsen kann er sich auch nicht anschaffen, wovon denn?

Nein so geht es nicht!

Aber jetzt, wo er so neben dem Karli steht, ihm

mit der Forke etwas frisches Heu in seine Stallung hebt, ihm einen Eimer Wasser hinstellt und er zufrieden brummt, kommt das Gefühl wieder auf, dass er mit dem Karli richtiggehend einen alten Freund hat, der ihm vertraut, der stets auf seine Weisung reagiert, nie bockig ist und der ihn auch noch nie im Stich gelassen hat. Er hat bisher jede Kuh trächtig gemacht. Nie hat sich ein Bauerskollege bei ihm beschwert.

Trotzdem hatte er Angst. Angst, dass der Karli eines Tages einfach tot umfällt, oder sogar tot zusammensacken könnte, wenn er gerade eine Kuh am Decken ist. Nein, das wäre schrecklich, er wäre das Gespött der ganzen Gegend. Auf Jahre würden sie sich in der Wirtschaft noch über ihn lustig machen.

Er muss sich was einfallen lassen und je länger er wartet, desto schwieriger wird es.

Das weiß er, aber jetzt hörte er erstmal seine Frau rufen, die mit dem Frühstück fertig ist.

Und wo sie so am Tisch saßen klopft es an der Tür und die kleine Lieselotte von dem Thies aus Altengörs steht da. Sie ließen sie rein und sie pellte sich etwas aus. Er soll jetzt gleich kommen, die Kuh ist jetzt brünstig.

Das Kind sah schlecht aus, nicht nur durchgefroren und weiß im Gesicht von der Kälte, nein es ist irgendwie auch krank. Catherine reichte ihr einen Becher, halbgefüllt mit heißem Pfefferminztee. Das Kind bedankte sich artig und lächelte sie an.

Thies hätte seine Tochter gar nicht schicken brauchen, auf dem langen Weg durch die Kälte,

Wilhelm wusste sowieso, dass heute der richtige Zeitpunkt ist. Er braucht eine Kuh nur anzuschauen, dann kann er abschätzen, wann sie brünstig ist. Genau wie bei seiner Frau, da weiß er das auch ganz genau. Zumindest glaubte er das.

Als er seinen letzten Löffel Haferbrei in sich hineinstopfte, ging er zurück in den Stall, zog die dicken Stiefel über und legte seine Winterjoppe über das Gatter von Karlis Stallung. Der sah ihn an und wusste damit, was der Wilhelm jetzt mit ihm vorhatte. Er muhte laut einmal auf.

Der Wilhelm ging weiter durch, öffnete die Seitentür der Scheune, nach draußen zum Abort. Sein Ältester saß da, drückte den verdauten Hafer der Vortage aus sich heraus. Wilhelm verzog das Gesicht, dass seinem Sohn zeigte, er solle sich beeilen. Dann sprang der Jung auf und Wilhelm konnte sich auf den vorgewärmten Sitz setzen.

Er versuchte sich zu entspannen, dass sich sein Körper entleeren konnte. Es ging auch ganz gut, denn er war guter Hoffnung für den Tag.

Zurück im Stall legte er dem Karli eine Longe an sein Zaumzeug. Das war mal ein Pferdezaumzeug, ohne Trense, dass er extra vergrößert und angepasst hatte, damit es dem Karli passt und er ihn damit viel besser führen konnte, als nur mit einem Strick um den Hals.

Er öffnete das Gatter und führte den Karli heraus, der genau wusste, wieso der jetzt aufgezäumt und geführt wurde und so brummte er vergnügt vor sich hin und folgte genauso wie der Wilhelm es von ihm verlangte.

Vor dem Haus stand schon die Lieselotte und bibberte vor Kälte. Sie blickte ihn erschrocken an, als er seinen großen Arm um ihre Hüfte schwang, sie hochhob und auf Karlis Rücken setzte. Sie quietschte kurz vor Überraschung und Freude, jetzt auf dem warmen Rücken des mächtigen Tieres zu sitzen, dem das augenscheinlich gar nichts ausmachte. Das Kind legte seinen Oberkörper lang nach vorn und hielt sich am Hals fest.

Und Wilhelm trottete los durch die spätherbstliche Landschaft, die langsam durch Tageslicht zum Leben erwachte.

2

Es dauerte doch eine ganze Zeit, bis sie den Thiesschen Hof erreichten. Die Wege waren uneben, angefroren, kaputtgemacht von schweren Wagen, die tiefe Rillen und Furchen in sie hineingearbeitet hatten und der Karli, wie auch der Wilhelm mussten zusehen, nicht auszurutschen. Sie gingen sehr vorsichtig und ließen sich dabei ein wenig von den Strahlen der Sonne erwärmen, die jetzt langsam über die Baumkronen hinweg aufstieg.

Das Segeberger Land ist eben, hat hier auf der abflachenden Seite des Geestrückens fast keine Erhebung. Es gibt viele, meist kleine Schollen, auf denen sich die Bauern bemühen Feldfrüchte, wie Getreide und Kartoffeln anzubauen, nur wenige können es sich erlauben Raps oder Mais zu pflanzen, die nur für den Verkauf oder als Viehfutter geeignet sind, denn nahezu alle Bauern müssen sehen, dass sie von ihrem eigenen Angebauten durch den Winter kommen. Es gibt immer noch einige Großgrundbesitzer und die Bauern auf deren Feldern sind Leibeigene, die oft nichts haben, als die dreckige Klamotte an ihrem Körper. Nur wenige von denen hatten bisher das Glück, dass sie irgendwann ein Stück von der Scholle eines Landvogts haben pachten oder übernehmen können. Oft waren dies die schlechtesten Felder, sandiger Grund, wenig Mutterboden, dafür Gestrüpp und Baumbewuchs. Wilhelm gehörte zu den glücklichen, deren Scholle seit ein paar Generationen in Familienbesitz war.

Schon eine Meile vor dem Ziel konnten sie das schnaufende Gemuh einer Kuh durch das offene Scheunentor von Thies über die Felder schallen hören, besser der Karli hat es hören können und sofort als das Gebrumm einer brünstigen Kuh erkannt, was wiederum ihn anspornte schneller zu laufen.

Der Thies empfing sie vor dem Tor. Sein skeptischer Blick auf den Karli und die Lieselotte auf dessen Rücken weichte einem freudigen Lächeln, als seine Tochter ihn vergnügt entgegenwinkte. Wilhelm half ihr herunter.

Die Männer begrüßten sich knapp, fast unhörbar und der Wilhelm, in seiner jahrelangen Erfahrung mit Bauersleuten, die eine Kuh durch seinen Ochsen decken lassen wollen, fragte ihn schon vor der Prozedur, ob er denn die acht Taler zusammenbekommen hätte. Dabei schaute er seinem Gegenüber streng ins Gesicht, um sich möglichst nicht eine Lüge auftischen zu lassen, denn das hatte

19

er, besonders in seiner Anfangszeit, häufig erlebt. Nein, der Thies behauptete mit festem Blick das Geld zu haben. Aber gleichzeitig machte er auch deutlich, das Geld gibts erst, wenn der Bulle sie bestiegen hat.

Der Karli wurde unruhig, zerrte am Zaumzeug und Wilhelm musste ihn feste halten. Die Kuh hatte auch schon gerochen, was da jetzt wohl geschehen wird und brüllte ununterbrochen.

Die Bäuerin und ein Thiesscher Sohn hielten die Kuh, dann führte Wilhelm den Karli durch das Scheunentor. Der Karli zuckelte und brummte, als die Kuh sich umblickte und ihn von hinten auf ihn zukommen sah, da schnaufte und grunzte sie heiser wie ein Esel. Dann zog der Wilhelm den Karli regelrecht mit etwas Schwung auf das Hinterteil der Kuh zu.

Längst, schon vor dem Tor, hatte der Karli sein Gemächt ausgefahren und mit jedem Schritt auf das Hinterteil der Kuh schwellte es immer größer an und wackelte dabei wie ein junger Birkenstamm im Wind.

Mit einem Gestöhn hob der Karli seinen Körper und ließ seine Vorderläufe auf den Rücken der Kuh ab. Er zappelte mit den Läufen, weil er nur schlecht Halt auf ihrem Körper fand und seine Läufe immer wieder vom Rücken herunterrutschen wollten. Er ist eigentlich viel zu schwer, um sich auf dem Rücken der Kuh abstützen zu können und jetzt, wie in den letzten Jahren immer mehr, blickte er panisch aus seinen glasigen Augen, weil er wusste, dass er sein Gemächt ja auch noch im Geschlechtsteil der Kuh einführen musste. Früher, als er viel jünger war, hatte er kein

Problem damit, jetzt brauchte er dafür den Wilhelm. Dieser griff nach Karlis Gemächt und führte es mit schnellem geschicktem Griff in die Kuh ein. Als sei er überglücklich den Sprung, das Festhalten und das Einführen geschafft zu haben, ließ er sofort seinen Samen in den Körper der Kuh hineinspritzen, dann gleich seine Vorderläufe herunter- und damit sein Gemächt aus ihr herausgleiten.

Er hatte es mal wieder geschafft und beide Rindviecher muhten zufrieden. Der Wilhelm war auch zufrieden, weiß er doch, dass der Karli diesen Sprung nur einmal geschafft hätte, aber das musste er dem Thies ja nicht erzählen.

Er führte den Karli wieder heraus aus der Scheune und tätschelte ihm dankbar am Hals. Thies und seine Frau folgten ihm. Der Thies griff vor der Tür in seine Hosentasche und nahm Geldstücke aus ihr heraus, die dabei klimpernde Geräusche machten. Aus der geschlossenen Faust gab er die Geldstücke dem Wilhelm in seine offene Hand. Als dieser nun seine Hand wegzog, sah er, dass der Thies nur sechs Taler hineingelegt hatte. Wilhelm hielt die Hand weiter offen, so als weigere er sich, diese sechs Taler zu nehmen, sie hatten schließlich acht vereinbart. Es geht nicht, er hätte nicht mehr, er weiß nicht, wie er seine Familie und die Tiere jetzt weiter durch den Winter bringen soll. Aber er könne ihm einen ganzen Beutel voll Eier geben, den seine Frau dem Wilhelm wie auf Kommando in seine andere Hand hineinlegte, so dass er sie nicht ablehnen und sicher auch nicht einfach fallen lassen konnte. Aber Wilhelm war stur, er regte sich auf, aber viel stärker, als er eigentlich erbost war, denn er wusste, dass es jedes Mal so läuft: Etwas Geld und etwas Naturalien. Aber er wollte mehr raushandeln. Der Sohn kam mit einem weiteren, in Leinen verpackten Päckchen, darin sollte ein Käse sein, aus bester Milch, noch von der Sommerweide, so gut im Geschmack, wie sie ihn noch nie hinbekommen hätten. Wilhelm nahm auch das Päckchen und beruhigte sich. Sagte es ist gut, verabschiedete sich knapp, nickte, als die Frau Grüße an seine schwangere Frau ausrichten ließ und zottelte mit dem ganzen Gedöns in der Einen und dem Karli an der anderen Hand von Dannen.

Als sie zurück waren, führte er den Karli durch das Scheunentor wieder in seinen Verschlag, nahm ihm das Zaumzeug ab, stellte ihm einen Eimer Wasser hinein und tätschelte ihn nochmal am Hals. Dann ging er mit den Eiern und dem Käse in das Wohnhaus, wo er seine Frau vor dem Herd kniend antraf, die gerade Holz zusammensuchte und in das Feuer nachschieben wollte.

Und wie er so auf sie herab sah, spürte er wie auch sein Gemächt in der Hose zum Leben erwachte. Jedes Mal, wenn er mit dem Karli unterwegs war, eine Kuh zu decken, kam auch bei ihm das Gefühl auf, selbiges mit seiner Frau machen zu wollen. Und diese hat sich oft genug darauf eingelassen, selbst mittags in der Küche, wo die Kinder zur Schule oder auf dem Feld sind und sie allein am Herd steht. Da nahmen sie beide das eine oder andere Mal die Gelegenheit wahr, was er glaubte auch sie immer schön fand, zumal wenn sie schwanger war, denn sie beide wussten, dass sie dann nicht noch einmal schwanger werden könnte.

Nun aber konnte er es nicht. Er sah, wie schwach sie war, wie sehr der schwere Bauch sie belastete und er griff nach ihren Armen, um ihr hoch zu helfen.

Sie lächelte ihn erschöpft an, wusste, was er jetzt eigentlich am liebsten mit ihr machen wollte und schob sich dabei mädchenhaft eine Haarsträhne aus dem Gesicht.

Er erwiderte ihr Lächeln kaum, umfasste stattdessen ihre Hüften, zog sie etwas an sich und gab ihr einen Kuss. Dann ließ er sie wieder los und berichtete ihr von dem Ausflug nach Altengörs und was er alles mitgebracht hatte.

Sie sammelte die Eier, die alle heilgeblieben waren in einer Schale und zählte sie, dann sah sie sich den Käse an. Ihr anschließender Blick verriet ihm, dass sie wissen wollte, wieviel Geld er darüber hinaus mitgebracht hätte. Ach ja, das Geld! Der Wilhelm kramte in seiner Hosentasche und geschickt wie er war, fasste er mit einer Faust das ganze Geld und legte es auf den Tisch.

Fünf Taler nur! Seine Frau war enttäuscht, ja wütend. Wenn sie die Thiessche wieder sehen würde, dann würde sie der aber was erzählen!

Der Wilhelm musste sie beruhigen, die armen Leute hätten auch nicht mehr als sie selbst und sie könnten ja die Eier und den Käse wieder zu Geld machen.

Die Eier sind sowieso zu viele, die werden nur

schlecht und den Käse würden bei ihnen im Keller ohnehin nur die Mäuse fressen.

Wilhelm öffnete die schwere Bodenklappe in der Küche und stieg die steile Treppe in den Vorratskeller hinab. Er legte die Hälfte der Eier in eines der Regale und brachte einen Weißkohl wieder mit hinauf. Dann schloss er die Klappe wieder.

Sie schnitt ein Stück vom großen Käse ab und packte ihn und die übrigen Eier wieder sorgsam ein. Er soll damit nach Segeberg gehen, da ist heute Markt und versuchen Eier und Käse gegen was anderes zu tauschen, vielleicht Kartoffeln oder ein paar Scheffel Roggen, das wäre auch mal ganz schön.

Er murrte, denn seine Beine und Füße hatten sich gerade erst wieder ein wenig erwärmt, aber dann zog er sich die Stiefel wieder an, nahm die Sachen und ging zurück in den Stall, denn eigentlich war er ganz froh, nach Segeberg gehen zu können.

Schräg gegenüber dem Karli hatte sein Ackergaul seinen Verschlag. Er öffnete ihn, nahm Forke und dann Schaufel und Besen und mistete den Stall aus. Er brachte einige Eimer Mist hinter die Scheune und warf sie auf den großen Haufen, dabei blinzelte er fast erwartungsvoll in die kühle Oktobersonne.

Er striegelte und bürstete das Pferd, denn es sollte ordentlich aussehen, wenn er nach Segeberg geht. Die Leute sollen einen guten Eindruck von ihm und seinem Pferd haben.

Mit den am Pferd befestigten Sachen führte er es an der langen Longe aus der Scheune und machte sich auf den Weg. Genau wie der Karli lief auch das Pferd anfangs unsicher über die teils eisigen, teils matschigen, von Löchern und tiefen Furchen zerklüfteten Wege und Felder. Als sie nach einiger Zeit eine gepflasterte Straße erreichten, auf denen zahlreiche Fuhrwerke unterwegs waren, stieg er auf und ritt das letzte Stück in die Stadt hinein.

Je weiter er ins Zentrum der Stadt gelangte, desto wuseliger wurde es: Viele Menschen liefen umher, gingen kreuz und quer über die Straßen, Kutscher mühten sich mit ihren Fuhrwerken ab, weil die Pferde scheuten und oft nicht so wollten wie sie wollten, schwangen ihre Peitschen und brüllten. Kinder spielten auf den Straßen, ärgerten die Kutscher, indem sie mit kleinen Steinchen nach den Kutschpferden warfen und sich anschließend kaputtlachten, wenn sie den ganzen Verkehr zum Erliegen gebracht hatten. Ein Schutzpolizist pfiff auf seiner Trillerpfeife und machte wild gestikulierend Zeichen, die Leute sollten weitergehen und die Fuhrwerke weiterfahren. Wilhelm dachte bei sich, wenn das meine Bengels wären, würden die aber gehörig eines an die Rüsttüten bekommen! Auch der Gaul des Wilhelm scheute und kam mit dem ganzen Gewusel in der Stadt irgendwie so gar nicht klar. Er stieg ab und führte das Pferd den restlichen Weg zum Markt. Er band ihn an und nahm den Sack mit den Eiern und dem Käse unter den Arm. Dann machte er sich auf ins Gedränge.

Die Gänge zwischen den Reihen der Stände waren voller Menschen, von überall her ertönte Gerufe und das Anpreisen der Waren der Händler. Wilhelm ging zu dem Stand eines Gemüsehändlers, bei dem er schon des Öfteren Gemüse gegen Tauschwaren erworben hatte und zeigte ihm die Eier und den Käse. Dieser prüfte die Eier, verzog ein Gesicht, als befände er sie für nicht wert und Wilhelm musste ihm gut zureden, er hätte sie erst heute Morgen bei seinen dreißig gesunden Hühnern eingesammelt, seien also ganz frisch. Der andere murrte und sie fingen an über eine Tauschmenge an Kartoffeln zu verhandeln. Wilhelm gab sich unzufrieden. Sie redeten laufend hin und her. Der andere tat so, als hätte er kein Interesse mehr und ignorierte ihn und fing mit einem anderen Kunden an zu quatschen und zu verhandeln. Wilhelm wartete geduldig ab, bis der Kunde wieder weg ist, dann machte er erneut einen Vorschlag. Der Händler brummte immer noch unwirsch, dann einigten sie sich auf die Menge Kartoffeln und dazu einen kleinen Sack Zwiebeln und zwei große Knollen Sellerie. Wilhelm reichte die Eier rüber und musste auf seine Gesichtszüge Acht geben, sosehr freute er sich über das gute Geschäft, griff alles zusammen und trollte sich weiter durch die Menschenmenge. Auch den Käse konnte er bei einer Händlerin gegen ein gerupftes Huhn eintauschen, dazu musste er allerdings vier lübsche Schillinge seines Talers zusätzlich opfern und er hatte somit jetzt etwas weniger Geld übrig, für das, auf was er sich eigentlich freute hier in Segeberg machen zu können.

Er ging zurück zu seinem Gaul, befestigte seine Waren ordentlich an dessen Zaumzeug und band zusätzlich etwas Seil der langen Longe um den Körper des Pferdes und seiner Sachen, damit sie ihm nicht so leicht gestohlen oder zumindest nicht einfach vom Pferd weggerissen werden können.

Dann führte er den Gaul etwas weg von dem Gewusel des Marktes in eine etwas abseitig weggehende Straße und da sah er an einem Gebäude auch schon das im Wind etwas hin und her schaukelnde Schild des Wirtshauses. Er ging durch einen schmalen Gang neben dem Gebäude und gelangte hinter das Haus, wo er sein Pferd anbinden konnte und es mit seinen ganzen Sachen etwas vor neugierigen Blicken geschützt war. Dann ging er wieder nach vorn und betrat das Lokal. Beim Eintreten blieb ihm sofort die Luft weg, so sehr schlug ihm der Mief und Tabaksqualm ins Gesicht, dazu ein lautes Gerufe und Gejohle von Männern, von denen offenbar einige schon mehr als ein Bier getrunken hatten. Weiter hinten in fahlem Licht saß eine leicht bekleidete Frau Ziehharmonika spielend und laut singend, die offenbar versuchte sich gegen den Lärm zu stemmen und Aufmerksamkeit zu erregen.

Jemand rief seinen Namen. Erst beim zweiten Rufen bemerkte er es und sah den Jürgen, einen Schwager von ihm, ihm zuwinkend und Zeichen gebend, an seinen Tisch zu kommen, an dem er dichtgedrängt mit vielen anderen Männern saß. Er ging auf ihn zu und gab ihm die Hand. Der Jürgen rutschte etwas zu Seite und knuffte seine Sitznachbarn an, ebenfalls etwas enger zusammenzurücken, damit der Wilhelm sich neben ihn setzen konnte. Die Kellnerin lud soeben mehrere Krüge Bier an dem Tisch ab und verstand Wilhelms Daumenzeichen in all dem Krach ohne Worte, dass auch er ein Bier bestellen wolle.

Der Jürgen war ziemlich angetrunken und nicht so guter Laune. Er wollte es ihm eigentlich nicht sagen, weil er ja wusste, dass die Catherine hochschwanger war, aber seine Frau hätte gestern ihr sechstes Kind zur Welt gebracht und es war tot. Na, ja, es lebte zwar bei der Geburt, aber heute Morgen war es tot. Es war schon das zweite tote Kind! Und in seinem Alkoholrausch jammerte er von seiner armen Frau, die ihm so leidtäte. Wilhelm beruhigte ihn. Auch Catherine hatte schon zwei tote Kinder und die Margarethe wird ganz sicher noch ein paar lebende Kinder zur Welt bringen, da sei er ganz sicher.

Wilhelm versuchte ihn mit anderen Gesprächsthemen etwas abzulenken und auf andere Gedanken zu bringen. Irgendwann waren sie bei seinem Ochsen und dem Problem, dass der Karli es bald nicht mehr schaffen würde, Kühe zu decken.

Der Jürgen berichtete ihm von einem fahrenden Händler, den er im letzten Sommer gesprochen hatte, der kam aus Hamborch und der erzählte, dass da jetzt so viele Menschen leben würden, dass sie nicht mehr wissen, wie sie die alle satt kriegen sollen. Die Männer arbeiten da alle im Hafen und haben Geld, die Händler brauchen aber dringend Fleisch und Gemüse vom Land, damit die Leute auch was zum Kaufen haben. Er hätte dem Händler eine neue Egge, Spaten, Forken und eine große Rolle Drahtgeflecht gegen getrockneten Weizen getauscht. Das wäre das Geschäft seines Lebens gewesen!

Ja und noch was hat der Händler ihm erzählt: Auf dem Schlachthof gäben sie für einen ganzen lebenden Ochsen sechzig Taler! Überlege mal! Sechzig Taler könnte er für seinen alten Ochsen bekommen!

Wilhelm machte große Augen. Noch nie hatte er einen Anhaltspunkt, was sein Ochse wert sein könne. Sechzig Taler zu bekommen wäre ja wie im Traum, dann wäre er ja ein reicher Mann! Aber er blieb auf dem Boden, wie soll er denn den Karli diesen weiten Weg transportieren und er erwiderte sogleich grübelnd, das Hamborch nicht Holstein sei, da gäbe es ja noch den Zoll! Und dass er eine gehörige Portion Angst vor der großen Stadt hatte, mit seinen ganzen Dieben und Betrügern, das behielt er erst einmal für sich. Aber fasziniert von dem Gedanken, mal in die riesige Stadt zu kommen, in die große weite Welt, das packte ihn schon.

Und als er auf dem Heimweg schwankend versuchte seinen Rausch etwas wegzukriegen, damit die Catherine nichts merkt, träumte er unentwegt von nichts anderem.

3

Marie lief ihrer Herrin voran durch die Gänge des Stadtschlosses in Richtung des Speisesaales. Jetzt öffnete die Zofe die doppelflügelige Tür, trat zur Seite und ließ Elisabeth an ihr vorbei eintreten. Schnell trat sie wieder vor sie, um ihr ihren Stuhl vom Tisch ab und anschließend dann unter das Gesäß zu schieben. Aber sie blieb stehen und machte keine Anstalten sich zu setzen, als sie erkannte, dass ihr Gemahl, der König noch nicht anwesend und obendrein der Tisch noch nicht vollständig eingedeckt war. Sie verzog das Gesicht, was ihr Mann hasste, wenn sie es vor seinen Augen tat, nun, da er nicht da war, ließ sie ihren Gesichtsmuskeln freien Lauf, blickte seitlich zu der großen Standuhr, die in diesem Moment zwölf Uhr schlug. Sie hasste es, wenn jemand zu spät war, insbesondere sie selbst achtete peinlichst darauf immer pünktlich zu sein, damit niemand, selbst ihr Ehemann sich nicht darüber echauffieren könnte, sie hätte ein schlechtes Benehmen und es ermangele ihr an Disziplin. Nichts ist ihrem Gemahl und der Tradition des Königshauses so wichtig wie Disziplin. Die Disziplin hat sie zu dem gemacht, was sie sind und was sie repräsentieren: Das mächtigste Königshaus in Nordeuropa.

Sie hob ihre linke Hand mit dem Fächer leicht in die Höhe und ließ sie dabei nach hinten abfallen. Das Zeichen für Marie sich zurückzuziehen und ihre Herrin allein zu lassen. Diese gehorchte sofort, indem sie sich durch die große Flügeltür aus dem Raum begab und die Tür hinter sich schloss. Nun war es still im Raum, nur die große Standuhr tickte behäbig vor sich hin. Sie setzte sich, den Rock des großen weit ausladenden Kleides mit den Händen greifend, auf ihren Stuhl und schob ihn dabei etwas näher an den Tisch.

Fahles, fast schon winterliches Sonnenlicht fiel durch ein Seitenfenster und schien ihr direkt ins Gesicht. Sie verschloss etwas die Augen und erinnerte sich, wie sie damals in Baden Baden zusammen mit ihrer Zwillingsschwester Amalie unter Anspannung im Raume stand und hörte, wie die Stiefelschritte des angekündigten Besuchs zusammen mit denen ihres Vaters auf den Saal zukommen, die Tür geöffnet wurde und beide Herren eintraten. Ihr Vater stellte den jungen Frauen den Besucher vor und etwas geblendet von der einfallenden Sommersonne sah sie das erste Mal sein Gesicht: Jung, die Stirn bereits etwas licht, freundlich lächelnd, selbstsicher und offenbar kein bisschen nervös, angesichts der

Anwesenheit seiner Majestät des Königs und der Tatsache, weshalb er überhaupt hier war: Sein Vater schickte ihn nämlich auf „Brautschau". Es war der erklärte Wunsch der Könige von Preußen und Bayern ihre Verbundenheit der beiden Königshäuser durch eine Vermählung des preußischen Thronfolgers mit einer der Töchter des bayrischen Königs zu besiegeln. Und wenn zwei Könige sich darin einig sind, hatten sich deren Kinder darin zu fügen. Alle Kinder von Fürsten- oder Königshäusern wachsen auf und werden erzogen im Sinne der selbstverständlichen Vermählung innerhalb ihres Standes und Fortführung ihrer Dynastie. So waren sich also auch Elisabeth und ihre Schwester gewahr, was der Zweck seines Besuches war.

Nur gab es zwischen Preußen und Bayern in dieser Hinsicht doch eine kleine Schwierigkeit, welche Maximilian I gegenüber Friedrich Wilhelm III zuvor aus dem Weg räumen musste: Sie waren nämlich katholisch, hingegen die Preußen streng protestantisch und Friedrich Wilhelm verlangte, dass, wenn es zu einer Vermählung käme, müsse die Braut konvertieren. Maximilian sah darin kein Problem, denn insgeheim bedeutete die katholische Religion ihm nicht sehr viel, im Gegenteil, er hatte mehr oder minder heimlich eigentlich nur ‚Witz und Spitz' für sie übrig.

Elisabeth gefiel der junge Kronprinz sogleich und die Aussicht die Frau des preußischen Thronfolgers zu werden und der königlichen bayrischen Enge zu entfliehen, ließ sie signalisieren, dass sie einer

Vermählung mit Preußen freudig entgegensah. Nur die Religionsfrage, die machte ihr Kopfzerbrechen, denn konvertieren, nein das wollte sie nicht! Maximilian duldete wie alle Könige schon prinzipiell keinerlei Widerspruch. Seinen geliebten Töchtern gegenüber verhielt er sich aber anders als allen Untergebenen und sogar seiner Frau. Er bemühte sich stets allen ihren Wünschen zu entsprechen, zumal es nicht um irgendetwas ging, nein, es ging um die Religionsfrage, die ihm zwar nicht wichtig war, seiner Tochter aber offenbar schon. Und so grübelte und verhandelte er mit dem Preußenkönig, bis sie nach vier Jahren endlich einen Kompromiss gefunden hatten: Elisabeth würde nicht konvertieren, aber ihren Glauben als Ehefrau Friedrich Wilhelms nicht offen praktizieren und sie solle Unterricht in der protestantischen Glaubenslehre nehmen. Obendrein würden sie zweimal heiraten: Katholisch in München und protestantisch in Berlin.

Wie alle jungen Frauen am Tage ihrer Vermählung fühlte sie sich so glücklich wie nie zuvor an der Seite Friedrich Wilhelms und es sollte sich zeigen, dass dieses Glück nahezu nachhaltig trug.

Nahezu deswegen, weil sie fünf Jahre nach der Hochzeit eine erneute Fehlgeburt erlitt, die diesmal so schwerwiegend war, dass der Leibarzt ihres Vaters, den sie extra hat kommen lassen, und der sie und ihre Schwester seit Kindheitstagen behandelte und zu dem sie uneingeschränktes Vertrauen hatte, ihr verkündete, dass sie niemals mehr schwanger werden würde und Kinder haben könnte.

Und „nahezu", weil sie trotzdem die glücklichste Frau auf der Welt war, denn ihr Ehemann liebte sie weiterhin und blieb ihr zeitlebens treu, obwohl der König mit einem Erlass darauf reagierte, wonach er verfügte, dass Friedrich Wilhelms jüngeren Bruder, Wilhelm, nach seiner Thronbesteigung bereits heute zum Kronprinzen erklärt wurde. Ein Affront gegenüber ihrem Mann, unter dem er zeitlebens litt, denn sein Bruder machte keinen Hehl daraus, dass er sich in absehbarer Zeit als König von Preußen sah.

Die hinter dem Fensterrahmen verschwindende Sonne ließ sie aus ihrem Tagtraum wieder erwachen und der Ärger, dass ihr Mann sie warten ließ, trat erneut hervor.

Die seitliche kleine Tür zum Küchenbereich öffnete sich und eine Bedienstete, die offenbar das Eindecken des Tisches fortführen wollte trat hinein und erschrak, als sie sie sah.

„Oh, königliche Hoheit", verbeugte sie sich und machte Anstalten, sich wieder rückwärts zu bewegen.

„Hat sie die Uhr nicht aufgezogen", fragte Elisabeth, „oder warum zeigt sie die falsche Uhrzeit?"

Die Bedienstete blieb stehen und stand offenbar unter großer Anspannung, blickte kurz zur Uhr, die aber ganz normal tickte.

„Ich weiß nicht königliche Hoheit", sagte sie leise und unsicher.

„Dann schicke sie nach dem Leibdiener des Königs".

Die Bedienstete verbeugte sich nochmals tief und zog sich rückwärtsgehend zurück.

Noch nicht einmal eine Minute später ertönten Schritte der ledernen Schuhe eines Mannes über die Gänge und eine weitere Seitentür öffnete sich. Ein schon älterer Mann im Livree eines gehobenen Bediensteten trat ein und verbeugte sich.

„Johann, warum geht die Uhr falsch?"

Seine Verbeugung nur etwas zurücknehmend, blickte er kurz zur Uhr, wohl wissend, dass sie stets die Zeit richtig anzeigte und es sich bei Elisabeths Frage um eine rein rhetorische handelte, und wenn sie so zu ihm sprach, sie stets verärgert ist, einen Ärger, von dem sie erwartete, dass er diesen durch seine sanftmütige, demütige Art beruhigt und aus dem Wege räumt.

„Königliche Hoheit, der König lässt sich vielmals entschuldigen, seine Audienz hat sich unerwartet verzögert. Er käme unverzüglich und freue sich, mit seiner Frau zu dinieren."

„Und wer kann so wichtig sein, dass er mich hier im Speisesaal auf ihn warten lässt, der König von Bayern vielleicht?"

Immer mal wieder tritt in ihren Nebensätzen eine Form von Heimweh auf, eine Sehnsucht nach dem Süden, den Bergen ihrer Heimat und ihrem Elternhaus und damit auch nach ihrem Vater, Maximilian I von Bayern, der allerdings gewiss nicht durch diese Tür treten kann, denn er lebte schon lange nicht mehr und mittlerweile ist bereits ihr Neffe bayrischer König.

Der Diener richtete sich auf und wog seine Worte ab, wusste er doch, dass der letzte Besucher, der

Ursache für die Verlängerung der Audienz ihres Mannes ist, sicher nicht im Range eines Königs steht.

„Nein Hoheit", und er machte eine weitere Gedankenpause, muss aber jetzt wohl oder übel die Katze aus dem Sack lassen, „es handelt sich um einen Landtagsabgeordneten, im Range eines Grafen".

Elisabeth verzog erneut das Gesicht um deutlich zu machen, dass sie mit der Antwort nicht zufrieden und sogar enttäuscht darüber ist, dass ein so einfacher Mann Ursache dafür ist, dass ihr Gemahl sie warten lässt. Johann weiß nicht recht, was er weiter sagen soll, um die Gemahlin seines Königs gnädiger zu stimmen, da wird er erlöst von den schlurfenden Stiefelschritten, von denen beide wissen, das sind die Schritte des Königs, Friedrich Wilhelm IV. Johann öffnet das Portal und der König tritt mühsamen Schrittes ein. Seit dem letzten Schlagfluss, den er vor einigen Monaten erlitt, traten halbseitige Lähmungserscheinungen auf, die ihn ein Bein nachziehen aber schlimmer noch, sein Gesicht entgleisen ließ: Ein Auge, die Wange und der Mund hingen linksseitig schlaff herab, er hatte keine Kontrolle mehr über sie und auch sein Sprechen war schwer geworden, so manche Wörter mit S-Laut konnte er kaum mehr aussprechen.

Gleichwohl ging er mit einem freudigen Lächeln auf seine Frau zu, ergriff ihre Hand, hauchte darauf einen Kuss und entschuldigte sich überschwänglich für die Verspätung.

„Teuerste, entschuldige bitte vielmals, aber ich hatte ein sehr interesssantes Gespräch und ich mussss

Dir unbedingt davon berichten."

Sie war noch nicht besänftigt:

„Ich hörte bereits, dass Du mich für einen jungen Mann hast warten lassen."

Der König setzte sich ihr gegenüber, während die Dienerschaft die Suppe auftrug, einer Ochsenschwanzsuppe, wie Johann dem Königspaar erklärte, Friedrich Wilhelm seine Serviette über den Schoß ausbreitete und dabei sich eine Antwort überlegte, die seine Frau beruhigen sollte.

„Der junge Mann, wie Du ihn nennst, hat mir ein interesssssantes Angebot gemacht. Er will, dassss ich zum Kaiser von Deutschland gekrönt werde."

4

Elisabeth schaute ihren Gatten erst erstaunt an, löffelte aber dann ihre Suppe weiter, ohne weiterzusprechen. Sie machte sich so ihre Gedanken, denn das Thema der Kaiserschaft trat nicht zum ersten Male auf. Vor zehn Jahren wollten diese Parlamentarier aus Frankfurt, die sich so hochtrabend ‚Nationalversammlung‘ nannten, ihn schon einmal zum Kaiser wählen. Er hatte aber unter einem Vorwand abgelehnt, denn niemals könnte sich ein preußischer König auf Pöbels Gnaden zu irgendeinem Amt, auch nicht dem des Kaisers von Deutschland wählen lassen!

Sie wusste, dass es sein größter Wunsch wäre, Deutscher Kaiser unter preußischer Führung zu sein, aber angesichts seines gesundheitlichen Zustands hielt sie es insgeheim für ausgeschlossen.

„Friedrich, bist Du sicher, dass Du Dich noch einmal da heranwagen willst? Wir schreiben nicht mehr das Jahr 1849."

„Nein, Teuerste, fürwahr, wir müssssen auf dem Weg dahin noch ein paar Umwege gehen."

„Und diese", sie zögerte leicht, „Umwege, die hat Dir dieser junge Mann aufgezeigt?"

„Na, der Graf von Bismarck ist vielleicht 20 Jahre jünger als ich. Wenn Du den als jung bezeichnessst, dann bin ich ja immer noch in meinen besssten Jahren", fabulierte er galant lächelnd und hatte damit das Eis gebrochen, denn sie lächelte zurück und ließ sich dabei nicht eine Spur von Mitleid anmerken.

„Gleichwohl Teuerste", fuhr er wieder ernster blickend fort, müsssen wir dazu wohl auch diesmal in den Krieg ziehen."

„Mein Eindruck ist", sagte sie vorsichtig, „dass sich das preußische Militär seit unserem ‚Gouverneur' verändert hat und das nicht zu seinem Besten."

Der Bruder des Königs hatte seit seiner Ernennung zum Thronerben nie eine Gelegenheit ausgelassen bereits vor dem Abdanken des Königs königlich-hoheitliche Aufgaben an sich zu reißen. Seit einiger Zeit trug er den Titel eines Gouverneurs der preußischen Truppen.

Friedrich Wilhelm blickte etwas erstaunt und auch leicht verärgert auf seine Frau, angesichts ihrer herablassenden Betonung des Wortes ‚Gouverneur'. Ohne ihr zu antworten, erwartete er eine Erklärung von ihr, wieso sie dieser Ansicht war.

„Ich sah noch nie Offiziere der Kürassiere, mit blitzenderen Uniformen und Ulanen auf glänzenderen Pferden reiten als in heutiger Zeit."

Der König sah seine Frau weiterhin an, während die Dienerschaft die Suppentassen ab- und die Hauptspeise auftrug, Johann dazu eine Erläuterung der Zusammensetzung der Speise vortrug aber keiner der Eheleute diese wirklich wahrnahm, sondern gedanklich voll ihrem Gesprächsthema verbunden war. Als die Dienerschaft den Saal wieder verlassen und die Tür von außen verschlossen hatte, reagierte er auf die Äußerung seiner Frau, so wie er es immer tat: Mit Respekt und Hochachtung und dem generellen Wohlwollen, dass sie in seinem ganzen bisherigen Leben immer noch seine treueste und wichtigste Verbündete war, aber vergrätzt war er trotzdem:

„Gnädigsssste, lasss meinen Bruder aus dem Sspiel. Im Übrigen bin ich mir sicher, dass Preußen die mächtigsssste Armee, geleitet von den bessssten Offizieren besitzt und nebenbei, es soll ja nur gegen Dänemark gehen."

„Mit Herrn von Wrangel?"

Sie wusste, immer wenn er sie mit ‚Gnädigste' ansprach, stand sie an der Schwelle zu seiner Ungnade, musste sie durch geschicktes Taktieren, durch eine gütliche Wortwahl sein Wohlwollen zurückgewinnen und trotzdem ihm die Augen öffnen für etwas, wovor er nach ihrer Meinung die Augen verschloss. Trotz ihres schnippischen Einwandes brauchte sie diesmal aber keinen strategischen Rückzug antreten, denn sie sah den Zweifel seiner eigenen Aussage in seinen Augen, gepaart mit der Erinnerung früherer militärischer Feldzüge gegen

Dänemark, in denen sich Preußen bisher stets geschlagen geben musste.

„Teuerste, ich werde sschon noch Gelegenheit finden, ihn mit allen Ehren zu verabschieden. So wie beim letzzzten Mal würden wir auch diesmal nicht erfolgreicher sein", gab er kleinlaut zu, „Bismarck meint aber dassss wir strategisch ganz anders vorgehen sollten: Während wir auf Friedrichs Tod warten wird er diese dänischen Sständeversammlungen im Herzogtum Sssleswig durch Anhänger seiner preussentreuen Gefolgsleute infiltrieren und zusehen, dassss sie ihrer Dänemarktreue abschwören und sstatt dessssen in Preußen und ssspäterhin im Deutschen Reich ihre Heimat sehen."

„Und wenn Friedrich VII tot ist?" fragte sie vorsichtig, obwohl sie lieber gefragt hätte, wann er denn mit dessen Ableben rechne.

„Noch bevor ein Nachfolger zum neuen König gekrönt wäre und dass wird dauern, weil er nämlich keine Kinder hat, marssssieren wir in Holsstein und Sssleswig ein und machen beide Herzogtümer zu unseren Provinzen. Dann machen wir Kiel zu unserem Marinehafen und Hamburg nehmen wir gleich mit ein. Dasss wird dann unser Handelshafen, unser Tor zur Welt."

Das war ihr dann doch alles zuviel und vergrätzt riskierte sie einen Streit mit ihrem Mann.

„Was machen wir, wenn Friedrich Wilhelm IV vor Friedrich VII zu Grabe getragen würde?"

Er schlug mit der flachen Hand auf den Tisch, dass

das Besteck auf den Tellern aufsprang und sie klirren ließ.

„Dann wird mein Bruder, der Kronprinz dieses Werk eben vollenden! Es ist Preußens Schicksal, nein, seine Bestimmung, die führende Macht in Mitteleuropa zu sein und selbstverständlich wird unser Königsgeschlecht auch den rechtmäßigen Kaiser eines Deutschen Reiches stellen!", rief er aufbrausend und fast ohne Sprechprobleme aus.

Er warf seine Serviette auf den Tisch, stand auf und verließ mit einem, er hätte noch zu arbeiten, den Raum. Sie lächelte sanft in sich hinein, wusste sie doch zu gut, dass er sich schnell wieder beruhigen und sich dann demütigst bei ihr entschuldigen würde.

Schweigend löffelte sie allein das Dessert und grübelte darüber nach, wie sie ihren geliebten Mann von diesem Gedanken wieder abbringen könnte. Im Gegensatz zu ihm konnte sie ihren Schwager nebst der Schwägerin nicht ausstehen, fand sie deren Verhalten anmaßend, fühlte sie sich gekränkt, ja manchmal regelrecht blamiert!

Wilhelm hatte längst das Heft des Handelns in die Hand genommen, denn bereits vor einem Jahr hatte er Teile der Regierungsgeschäfte an sich gerissen und gerierte sich nun als kommender König Wilhelm I.

Friedrich Wilhelm nimmt diese Schmach zähneknirschend hin, stand und steht doch das Wohle Preußens für ihn immer an erster Stelle.

Ist er wirklich schon ‚schwachsinnig', wie Wilhelm behauptet und der königlichen Verantwortung nicht mehr gewachsen?

Nein, Friedrich Wilhelm ist sich seiner schlechten gesundheitlichen Verfassung vollauf bewusst. Er weiß selbst, dass ihm voraussichtlich nicht mehr allzu viele Jahre des Lebens bleiben werden und sie spürte, dass es weniger sein werden, als dem Dänenkönig verbleiben würden.

Sie merkte, wie eine Träne ihr die Wange hinunterrollte, die sie sogleich unmerklich mit ihrer Serviette abtrocknete, während sie sich den Mund abtupfte, sie auf den Tisch legte und aufstand.

Sie öffnete selbst die große Flügeltür des Essenssaals, raffte ihr Kleid und ging zurück in ihre Gemächer.

5

Schon ein paar Tage ging der Wilhelm schwanger mit der Idee, den Karli nach Hamborch zu schaffen, aber wie er es drehte und wendete, jedes Mal kam er zu dem Schluss, dass es zu gefährlich sei, zu ungewiss, ob er wirklich so viel Geld bekommen würde und dazu jetzt noch der Winter bevorstand, wo er auf dem Weg nicht einfach im Wald übernachten könne, sondern in einen Gasthof gehen müsse. Die Kosten der Reise und der ungewisse Zoll, den er sicher bei der Einreise nach Hamborch zahlen muss, müsste er vorstrecken, aber das glaubte er nicht zu können.

Als er von der morgendlichen Versorgung der Tiere im Stall zurück in das Wohnhaus trat, fand er seine Frau weinend auf einem Schemel vor dem Herd sitzend. Er tröstete sie und fragte, was sie so bedrückt. Sie wisse nicht mehr, was sie kochen und wie sie die Kinder satt kriegen soll und das Kind in ihrem Bauch machte ihr offenbar besondere Sorgen.

Da fasste der Wilhelm etwas Mut und erzählte ihr die Geschichte von den sechzig Talern, die der Karli am Schlachthof in Hamborch bringen soll. Er musste ihr sagen, dass der Jürgen ihm die Geschichte erzählt hätte und da fragte sie natürlich gleich nach seiner Frau, der Elisabeth. Das Weinen ging da wieder los, als er ihr sagen musste, dass das Kind tot geboren sei und er musste sie wieder beruhigen, ihr sagen, was sie für eine starke Frau sei, die sich keine Sorge um das eigene Kind machen müsse. Sie rieb sich die Augen und fasste neuen Mut. Sie möchte fast am liebsten, dass er sofort losginge. Aber da musste der Wilhelm ihre Freude ein wenig trüben und ihr seine Bedenken mitteilen. Die erkannte sie auch aber die Vorfreude, dass mit einem solchen Verkauf alles wieder gut werden würde, war viel stärker. Er könne ja für zehn Taler einen jungen Ochsen kaufen, wenn er wieder zurückkäme.

Wilhelm bedauerte fast, es ihr gesagt zu haben.

Da ging sie in die Schlafstube und nestelte dort deutlich hörbar in ihrer Kommode herum. Der Wilhelm saß gespannt und schaute etwas blöd, als sie zurückkam und ein Säckchen voll Geldstücken auf den Küchentisch ausschüttete. Er stand auf und musste sie mit dem Zeigefinger auf dem Tisch zu Häuflein schieben, um sie zu zählen. Er wusste nicht, ob er erfreut oder erbost sein sollte, dass seine Frau fast zwölf Taler hinter seinem Rücken zusammengespart hatte. Aber die Freude überwog, so dass er sie ohne weitere Worte küsste und das Geld in das kleine Säckchen zurücksteckte. Scham überkam ihn, dass er neulich in der Wirtschaft zwanzig Groschen sinnlos versoffen hatte und seine Frau, seine arme schwangere Frau hatte eisern die Jahre gespart!

Gut, er wird gehen und er wird mit viel mehr Geld zurückkommen und seine Frau und die Kinder vor dem drohenden Hungertod retten! Er wird einige Tage brauchen, er wird mutig sein müssen, ja und aufpassen auf sich und den Karli, dass er ihn wohlbehalten zum Schlachthof bringt, das Geld bekommt und so schnell wie der Wind wieder nach Hause kommt. Ja, das verspricht er ihr!

Sie war glücklich und lächelte ihn mutig an. Ja sie vertraut ihm voll und ganz, er darf ihr Vertrauen nicht enttäuschen, er muss das größte Abenteuer seines bisherigen Lebens überstehen und wieder nach Hause kommen, mit viel Geld in seinen Taschen!

Er ging an den alten Schrank in der guten Stube und suchte in den Schubladen nach einer Landkarte, die er noch vom Vater hatte, fand sie und breitete sie auf dem Küchentisch aus. Mit Staunen betrachteten die Eheleute die Karte und Wilhelm versuchte die Ortsnamen zu lesen und ihren eigenen Wohnort auf der Karte zu finden. Aber er hatte lange nichts mehr gelesen und musste seine Schulkenntnisse aus seinem Kopf graben, um einen Ort mit ‚W' beginnend zu finden. Die Catherine konnte ihm gar nicht folgen, sie hatte nie lesen gelernt. Da fand er mit großen Lettern geschrieben ‚Segeberg' auf der Karte und er verfolgte die Linie, die von da herunter bis nach Hamborch führte, was er zuerst auf der Karte entdeckt hatte, denn es war der größte Eintrag und rot eingefärbt. Er buchstabierte die Buchstaben des Stadtnamens und wunderte sich, dass die große Stadt Hamburg geschrieben wurde und er es nur als Hamborch kannte, aber es musste die Stadt sein, denn da war auch der große Fluss, die Elbe, die zum Meer hin immer breiter wurde. Unterhalb von Segeberg fand er Mözen auf der Karte, ja den Buchstaben erkannte er wieder, ein ‚ö‘, das ist der Laut eines ‚o‘ und eines ‚e‘ zusammengesprochen. Den Weg bis dahin würde er von ihrem Hof aus finden. Und dann brauchte er eigentlich nur der Straße folgen, nach Leezen, Niendorf, Idstedt, Nahe und Bethfort, da ist eine Weggabelung. Von da muss er nach Garstedt, weil, das hat er sich von früher mal gemerkt, da ist der Ochsenzoll, der Übergang nach Hamborch.

Aber wie weit ist der ganze Weg? Er legte seinen Zeigefinger auf den Kartenmaßstab und befand seinen Finger als 5 Meilen lang, dann legte er ihn bei Segeberg an und schob ihn weiter bis zur Elbe in Hamborch. Es waren bestimmt drei Fingerlängen und das ist der gerade Weg, wobei er wusste, dass er niemals einen geraden Weg wird gehen können, also wird es weiter sein als 15 Meilen, vielleicht Zwanzig oder sogar noch viel mehr. Er versuchte zu überlegen, wie weit er am Tag mit dem Karli kommen würde, vier Meilen vielleicht oder fünf?

Er setzte sich an den Küchentisch und atmete tief durch, dann schüttete er erneut das Geld aus dem Säckchen und machte mit den Vereinstalermünzen und den Silbergroschen kleine Häuflein um zu berechnen, wie weit er käme. Aber er wusste nicht, was er unterwegs bezahlen muss für Heu, Stall und Schlafgelegenheit für ihn und auch was zu essen. Ja und der Zoll, der verdammte Zoll bereitete ihm schwere Sorge. Er steckte das Geld zurück in das Säckchen. Der Weg ist ihm zu weit und zu ungewiss. Er weiß, dass er kein besonders mutiger Mann ist, er weiß, dass er schlau ist, ja das glaubte er schon, aber er ist noch nie in seinem Leben so weit weg gewesen von der Heimat, kennt nur die eine oder andere verrückte Geschichte, die jemand in der Wirtschaft zum Besten gab und jedes Mal hat er darüber nur Lachen und den Kopf schütteln können, was diese Leute da angeblich so erlebt hätten.

Seine Frau schaute ihn gespannt an, dann fing sie an ihm Mut zu machen, überall auf der Welt würden die Leute nur mit Wasser kochen, das sei auch in Hamborch nicht anders, er solle sein Kreuz breitmachen, mutig sein, von den anderen Bauern und auf dem Markt ließe er sich ja auch nicht über den Tisch ziehen.

Wilhelm strich seiner Frau über die Hand. Er würde am liebsten sie schicken, sie ist viel mutiger als er und stärker ist sie auch, nicht mit den Armen aber mit ihrem Kopf und ihrem Mundwerk, aber das sagt er ihr nicht.

Er könne versuchen nachts auf Feldern Unterstände zu finden und da mit dem Karli zusammen im Heu zu übernachten und morgens, wenn der Bauer kommt müsste er wieder verschwunden sein. Und ein großes Fresspacket könne sie ihm in einen Sack packen, mit lauter Sachen, die nicht verderben.

Sie wollte unbedingt, dass er geht und er merkte, dass er kaum mehr widersprechen kann, wenn er nicht die Achtung seiner Frau verlieren will, und außerdem, mal im Leben ein Abenteuer zu erleben, von dem er dann allen in der Wirtschaft stolz berichten kann und die ihn dann mit großen Augen anstarren, ja das wäre ein Spaß!

Er ging zurück in den Stall, zog seine wärmsten Klamotten an und die dicken Stiefel, dann befestigte er das Zaumzeug an Karlis Kopf mit der langen Longe, der brummte erstaunt und erfreut, weil er dachte, es ginge wieder zum Decken. Wenn der wüsste, dachte der Wilhelm und tätschelte dem Karli am Hals, ja, der arme Karli, wie soll er das nur übers Herz bringen, ihn irgendwann in Hamborch dem Schlachter zu übergeben. Das wusste er irgendwie noch so überhaupt nicht. Aber er hatte ja noch viel Zeit bis dahin.

Sein Ältester kam vom Feld mit einem Haufen abgesägten Geästs unter dem Arm. Das hatte er vom Feldrand aus den wilden Hecken gesägt, die die Felder gegeneinander begrenzen. In der Scheune wollte er es nun in ofengerechte Stücke sägen. Da sagte der Wilhelm, dass er ein paar Tage auf Reisen gehen müsse und er, der Ferdinand, jetzt der Mann im Hause sei. Dieser schaute ihn etwas blöd an. Er erzählte knapp, dass er den Karli zum Schlachter bringen wird, aber der Ferdi schaute immer noch blöd. Wilhelm seufzte innerlich und musste beim

Anblick seines Sohnes immer an den Spruch denken, mit dem ihn mal ein Nachbarsjunge vor Jahren geärgert hatte: ‚Der Ferdinand hat 'nen Pferdverstand'. Manchmal glaubt er, dass da was Wahres dran ist. Er bläute ihm ein, auf seine Mutter aufzupassen und wenn sie sagt, es sei jetzt soweit, soll er schnell wie der Blitz raus zum Homannhof und der Tante Margarethe Bescheid geben. Er versprach hoch und heilig es zu tun.

Mit dem Karli an der Longe ging Wilhelm durch das Scheunentor um den Hof herum an das Vorderhaus. Catherine kam aus der Tür und gab ihm einen Gürtel, den sie früher mal für ihn aus dickem Leinen doppelwandig genäht hatte und in den sie die Geldstücke versteckt und am Ende den Gurt zugenäht hatte. Er band sich den Gürtel um die Hüfte und schlug seine Hose darüber, dazu band er sich noch den Sack mit den Vorräten über die Schulter.

Er nahm sie in den Arm und küsste sie auf die Wange. Ohne ein weiteres Wort hoben beide die Hand zum Abschiedsgruß und dann trottete er von dannen.

6

Die Sonne schaffte es doch tatsächlich am späten Vormittag sich durch die dicken Wolken durchzusetzen und aus ein paar blauen Flecken am Himmel schienen ihre warmen Strahlen herunter auf das Land, ließen Wilhelm sich etwas wohler fühlen und sich seine Joppe etwas öffnen, das die warme Luft seines Oberkörpers an seinem Kinn zu spüren war. Nur der Weg war jetzt ganz schön weich geworden und so manches Mal musste er den Karli durch den tiefen Matsch hinter sich herziehen. Dieser schien so langsam aber sicher zu merken, dass dieser Ausflug ein anderer wird, als sonst, denn es waren schon einige Stunden vergangen, die Sonne wanderte immer weiter gen Westen und wurde langsam kühler, dazu wurde es auch immer dämmriger. Karli hatte längst keine Lust mehr und Wilhelm musste ihn schon etwas energischer ziehen und kommandieren. Immer mal wieder schaute Wilhelm, auf abseitigen

Wegen ob er auf Feldern einen Viehunterstand, eine einsame Scheune oder sonst irgendeinen Verschlag entdecken konnte, wo sie die Nacht verbringen könnten. Etwas abseits konnte er einen See entdecken, das war der Mözener See, den kannte er noch aus seiner Kindheit, da waren sie im Sommer manchmal schwimmen. Aber er hatte keine so gute Erinnerung daran, denn er hatte das schwimmen nie gelernt und musste immer zusehen, dass er nicht zu weit in das Wasser hereinging. Ein paar Viecher sind da zu sehen, die offenbar auch die Nacht über von dem Bauer dort gelassen werden. Vorsichtig zog er den Karli hinter sich her und marschierte Richtung See. Direkt am Wasser entdeckte er, versteckt unter Bäumen eine Anglerhütte, die zur Seeseite offen ist und in der ein kleines Ruderboot lag. Er schob die schwergängige Tür auf und schaute sich etwas um, der Karli wartete derweil draußen und knabberte an den Zweigen der Weidenbäume, die ihm allerdings nicht sehr zu schmecken schienen, denn das meiste was er mit seinem Maul abriss, ließ er wieder fallen.

Die Hütte war sogar geräumiger als er dachte, hatte eine Werkbank und einen gusseisernen Ofen, aber nichts rechtes zum Hinlegen und Schlafen. Er ging wieder raus und war unschlüssig, ob sie hier bleiben könnten. Der Ofen ist prima, aber sonst? Etwas entfernt standen einige Kühe an einem Unterstand, die haben den Karli längst entdeckt und muhten unentwegt. Er band den Karli am Bootshaus an und ging hinüber zu den Kühen. In dem Unterstand befanden sich einige Ballen Heu. Er beruhigte die Tiere, griff sich zwei Ballen unter die Arme und ging zurück zum Bootshaus. Dem Karli gab er einen halben Ballen davon und aus dem Rest wollte er sich selbst im Bootshaus ein Schlafnest bauen, dann suchte er sich etwas Feuerholz zusammen, was nicht so einfach war, denn alles war recht feucht und so suchte er nach Totholz am Seerand. Als er genug zusammen hatte, zerbrach er es in kleine Stücke und entzündete ein Feuer im Ofen. Das ging besser als er dachte und er war richtiggehend stolz auf seine Pfadfinderfähigkeiten. Es war jetzt richtig dunkel und nur das brennende Feuer im Ofen spendete ein wenig Licht. Er holte den Karli von draußen in die Hütte hinein, weil er hoffte, dass das warme Tier zusätzlich Wärme verbreitet und überhaupt, er ihn besser unter Beobachtung hatte. Unschlüssig war er nach wie vor, wo er sein Nachtlager bereiten sollte und sah sich das in der Hütte auf dem Boden liegende Ruderboot an. Er stieg hinein, setzte sich und erschrak, als es dabei zu wackeln anfing. Das war ihm zu unangenehm, er fühlte sich fast wie auf dem Wasser. Nein, in das Boot will er sich nicht legen. Bei der Werkbank war der Boden trocken und dort breitete er das Heu aus, zerbrach weiter Holz in kleine Stücke und stopfte den Ofen damit nochmal richtig voll, dann legte er sich in sein Schlafnest.

Er wurde tatsächlich erst am nächsten Morgen wieder wach durch lautes Muhen von draußen. Die Kühe wollen offenbar gemolken werden. Jetzt machte er sich schnell fertig, bevor der Bauer rauskommt und ihn und den Karli vielleicht entdecken würde. Es war kalt, der Ofen längst erloschen und nur der Körper des Karli sorgte für ein wenig Wärme. Schnell packte er seine Sachen, öffnete die Tür und blickte vorsichtig in Richtung der Kuhweide. Kein Mensch zu sehen. Da nahm er die Longe des Karli und zottelte los, weiter zu der Chaussee in Richtung Hamborch.

Als er sie erreichte ist er erstaunt, wie viele Menschen da unterwegs waren: Mit Pferdefuhrwerken, viele Ochsenkarren, aber doch einige Menschen, die wie er zu Fuß unterwegs sind, manchmal mit Handkarren oder Viehzeug an der Hand. Und es ließ sich überraschend gut vorwärtskommen auf der Straße, denn sie war gepflastert, etwas rutschig vom Frost vielleicht, aber doch viel besser als die kaputten Feldwege.

Mehrfach überholte er Männer, die nicht nur einen, sondern gleich mehrere Ochsen führten und sich dabei schwertaten, weil die Viecher nicht so wollten wie sie. Da war der Wilhelm richtig glücklich mit seinem genügsamen Karli, der ohne Murren an seiner Hand hinterherzottelte und sich nur selten von anderen Artgenossen ablenken ließ und in ein allgemeines Muh-Konzert einstimmte.

Immer wenn es Gelegenheit gab, fragte er so einen Ochsenführer nach dem Weg, wie weit es denn sei bis Hamborch und wo er denn mit seinen Ochsen hinwolle. Aber kaum einer antworte ihm, so sehr waren die mit dem Zusammenhalten ihrer Tiere beschäftigt. Zum Ochsenzoll, zum Ochsenzoll? Na, ein paar Tage wird es wohl dauern. Aber damit war der Wilhelm irgendwie auch nicht so recht schlauer geworden, freute sich nur, dass er offenbar mit seinem einen Ochsen viel schneller vorankam, als die Anderen.

Als er in Leezen ankam ist es bereits nach Mittag und er sah eine Frau am Straßenrand, die Äpfel an die Reisenden verkaufte. Er kramte fünf lübsche Schillinge aus seiner Hose, kaufte ihr ein paar Äpfel ab und fragte sie, wie weit der Weg zum nächsten Ort sei. Nach Niendorf sei es nicht weit, er würde es in einer Stunde schaffen. Gut, dachte Wilhelm, dann müsste ich es noch vorm Dunkelwerden erreichen und er ging weiter zügig seines Weges.

Aber es war dasselbe, was gestern bereits geschah: nach dem Mittag wurde der Karli immer langsamer, musste Wilhelm ihn regelrecht ziehen und er hatte auch das Gefühl, dass der Karli langsam misstrauisch wurde, als würde er spüren, dass sie gar nicht zum Decken irgendwo hingingen, sondern ganz woanders hin.

So war es also bereits kurz vorm Dunkelwerden, als sie endlich Niendorf erreichten. Die Bauern, die auch hier ihre Waren an der Chaussee verkauften waren gerade dabei ihre Stände abzubauen und Wilhelm fragte einen, ob er wüsste, wo man denn hier übernachten könne.

Der machte ihm Handzeichen, der Chaussee weiter zu folgen, da gäbe es einen Gasthof, wo die ganzen Ochsentreiber auch alle für die Nacht bleiben, da kann man sein Vieh rückwärtig auf einer Weide

lassen. Wilhelm bedankte sich für die freundliche Auskunft und fand kurz danach den besagten Gasthof. Aus dessen Fenstern schienen die Lichter und es waren offenbar viele Männer im Lokal. Er ging hintenherum und brachte den Karli auf die Weide. Diese war bereits voller Ochsen, die alle jeweils am umlaufenden Gatter angebunden waren. Er fand noch einen Platz für den Karli und konnte ihn mit etwas Heu aus einem Schober und einem Eimer Wasser erstmal versorgen. Dann ging er vor.

Im Lokal musste er am Tresen anstehen, wie er feststellte, wollten die Männer alle kein Bier bestellen, sondern ein Zimmer für die Nacht. Als er dran war und nach einem Zimmer fragte, guckte die Wirtin ihn skeptisch an, weil sie ihn, im Gegensatz zu allen anderen zuvor, nicht schon kannte. Wie viele Ochsen er denn hinten hätte fragte sie und musste auflachen und nochmal nachfragen, als er ihr sagte, er hätte nur einen. Wilhelm spürte, dass sie ihn ganz sicher abweisen will, aber er hatte sowas schon vorher geahnt, daher hatte er sich einige Taler und Silbergroschen aus seinem Gürtel herausgedrückt und spielte nun schon die ganze Zeit mit den Geldstücken in seiner Hand. Dabei achtete er darauf, dass die Wirtin dies auch sehen konnte. Nachdem sie ein Bier gezapft, sich umdrehte und mit einem dicklichen Mann offenbar redete, der wiederum Wilhelm anblickte, drehte sie sich zurück zu ihm und sagte ihm, sie hätte noch in letztes Zimmer unter dem Dach, das solle zwei Taler und 50 Silbergroschen kosten. Wilhelm biss sich auf die Lippen, hatte er doch zuvor mitbekommen, dass andere vor ihm nur 1,50 bezahlen mussten. Als er sie darauf ansprach, zapfte sie weiter Bier und redete bereits mit dem Nächsten, der wollte offenbar auch ein Zimmer. Wilhelm legte 2,50 auf den Tresen und schob ihr das Geld entgegen. Sie redete weiter mit dem Anderen, nahm das Geld und legte ihm kommentarlos einen Schlüssel hin.

Wilhelm griff ihn, drehte sich um und ging aus dem Gewusel der Männer heraus. Auf dem Schlüssel war die Zahl 6 eingeprägt. Seitlich ging eine Treppe ins Obergeschoss und von dort eine weitere, steilere Treppe nach ganz oben, denn das Zimmer sollte ja unter dem Dach sein. Er fand Zimmer 6, öffnete die Tür, nahm eine brennende Talglampe, die an der Wand im Flur hing und ging in das Zimmer hinein. Es war sehr eng. Er musste seinen Kopf wegen der Dachschräge einziehen, konnte aber ein sauberes Bett mit einer dicken Bettdecke sehen, in das er mit seiner Hand hineindrückte, um die Matratze zu prüfen. Ja, besser als letzte Nacht ist es auf jeden Fall. An der Seite stand eine Anrichte mit einer kleinen Waschschüssel aus Keramik und ein Wasserkrug. Auch ein kleiner Spiegel hing dort an der Wand. Er füllte etwas Wasser in die Schüssel, wusch sich die Hände und das Gesicht, dann nahm er seine Zeigefinger und rieb sich in seinem Mund über die Zähne. Mit den feuchten Händen ging er sich durchs Haar und über den Bart, dann öffnete er das kleine Fenster und kippte das schmutzige Waschwasser über das Dach aus. Mit der Lampe in der Hand ging er wieder hinaus, schloss die Tür ab und hängte die Lampe wieder ein. Dann machte er sich auf die Suche nach einem Abort. Diesen gab es tatsächlich unten im Lokal etwas abseits aber immer noch innerhalb des Hauses, was Wilhelm richtig gut gefiel, denn so etwas kannte er von zu Hause gar nicht. Aber mehrere Männer standen Schlange vor der Tür und er musste geschlagene zehn Minuten warten, bis auch er endlich sich auf das Loch des hölzernen Tresens des Aborts setzen konnte. An einer Spindel aus Keramik hing aufgerollt weiches, weißes Papier, das offenbar dazu da ist, sich den Hintern damit zu säubern. Er genoss diesen Luxus, den er noch nie in seinem Leben zuvor erlebt hatte und fand sich danach richtiggehend sauber und sowieso herrlich erleichtert, gerade recht ist es ihm, jetzt ins Lokal zurückzukommen und er klimperte mit dem restlichen Geldstücken in seiner Hosentasche angesichts des Anblicks, dass einige Männer mit hochaufgefüllten Tellern in der einen und einem Bierkrug in der anderen Hand von einem seitlichen Tresen weg in Richtung der Tische gingen, sich setzten und das warme Essen und kalte Bier in sich hineintaten.

Er stellte sich in der Schlange am Essenstresen an und als er dran war, musste er feststellen, dass sein Geld in der Hosentasche nur für den Eintopf reicht und er nach kurzer Abwägung beschloss sich das Ochsenfleisch mit Kartoffelstampf nicht genehmigen zu wollen, wohl aber das große Bier, darauf verzichtet er nicht!

Es war nicht so einfach, einen freien Platz an

einem Tisch zu finden, aber irgendwann rückten doch mal ein paar Männer an einem Tisch zusammen, damit er sich dazusetzen und seinen Eintopf essen konnte. Die warme Brühe mit Kartoffeln, etwas Gemüse und auch ein paar wenige Brocken Fleisch tat ihm richtig gut. Das Bier tat sein Übriges und von alledem und der rauchigen, abgestandenen Luft bekam er einen roten Schädel. Die Männer waren allesamt Ochsentreiber und unterhielten sich rege über die Tiere, den Weg, der noch vor ihnen liegt und die Fleischpreise, die man in Hamborch so erzielen kann. Wilhelm versuchte in dem lauten Schnack so viel mitzuhören, wie es ging. Das für ihn Wichtigste, nämlich der Zoll und dessen Höhe, brachte keiner der Männer zur Sprache, daher fasste sich Wilhelm ein Herz und fragte sein Gegenüber, der bis eben noch kenntnisreich berichtete, wie das denn mit dem Zoll so abliefe. Zehn von Hundert, wenn man nicht Beziehungen hätte und einen Zöllner persönlich kannte. Wilhelm grübelte. Zehn von Hundert von was? Der andere erkannte, dass Wilhelm keine Ahnung vom Geschäft hat und erklärte ihm, wenn seine Ochsen dreihundert Mark bringen sollen, müsse er also dreißig Mark Zoll bezahlen. Wilhelm nickte, als hätte er verstanden. In Wahrheit hatte er Garnichts verstanden und vor allem redete der andere von einem fremden Geld, welches er überhaupt nicht kannte, er dachte überall würden die Leute mit Talern und Silbergroschen bezahlen. Also musste er seine Taler auch noch irgendwie in diese Mark umtauschen, bevor er nach Hamborch rein geht.

Er brachte Teller und Krug zurück zum Tresen und ging wieder hinauf in sein Zimmer. Dort zog er sich die Klamotten aus und stieg ins Bett.

Und wie er da so lag, kamen die Zweifel wieder zurück, ob das denn alles so richtig war, wie er sich das dachte. Wenn er den Zehnten für den Wert des Karli abgeben muss, ist das verdammt viel, soviel hatte er nicht erwartet. Er muss unbedingt noch mehr wissen, wie er das am besten anstellt, den Karli in Hamborch zum Viehmarkt zu schaffen und sich dabei nicht so viel Geld abschnacken zu lassen.

Trotz allem Grübelns war er doch von der Anstrengung des Tages so geschafft, dass er tief und fest einschlief.

7

Elisabeth mochte es nicht, dass wusste er, es war ihr viel zu groß und einfach zu ungemütlich. In Wahrheit aber war es eher diese Stadt, Berlin, die sie nicht mochte, die preußische Hochburg, mit ihrem ganzen Militär, mit ihren Männern in Uniformen, die alle sonstwas dachten, was sie für edle Herren und Respektspersonen seien und sie diesem Gehabe, obwohl Ehefrau des Königs, stets Rechnung zu tragen hatte.

Er hingegen liebte sein Stadtschloss, dass bedeutendste Gebäude der ganzen Hauptstadt, seit Jahrhunderten Sitz seines Herrschergeschlechts. Von hier aus meinte er bestmögliche Kontrolle über sein Volk und seine Beamten zu haben. Ja und sie wohnen nur im Winterhalbjahr hier, das hatte er ihr zugestanden. Und sie bewohnen nur einen Teil des ersten Stockwerks mit Blick auf die Spree und den Lustgarten und abgesehen von seinem geliebten

Arbeitszimmer, der herrlichen Erasmuskapelle mit ihren Säulen und dem Deckengewölbe aus mittelalterlichen Schlingrippen, mit seinen an Schleifen erinnernden, mittig wie Blumengestecke aus Margeriten zusammenlaufenden Fresken, haben fremde Personen auf dieser Etage keinen Zutritt.

Nicht ohne Grund hatte er sein Arbeitszimmer bereits zu Zeiten, als er noch Kronprinz war genau dort einrichten lassen. Die Erhabenheit des kirchenschiffähnlichen Raumes ließ ihn bei allem was er sagte, was er schrieb oder was er tat stets daran denken, was das wichtigste ist, was ihn als König leitet: Die Demut vor Gott und seinem Sohn Jesus Christus.

Über den langen, für ihn anstrengenden Weg vom Speisesaal zum Arbeitszimmer hatte er sich wieder etwas beruhigt und es stellte sich eine gewisse Scham ein, sich seiner Frau gegenüber ungebührlich verhalten zu haben. Als er die Tür des Arbeitszimmers hinter sich schloss, auf das Aufspringen seines dort auf ihn wartenden Sekretärs von dessen Tisch mit einem kurzen Wink reagierte, der diesem deutete, das Zimmer zu verlassen, musste er sich fast mit einem Lächeln an seinen Schreibtisch setzten. Dieses Frauenzimmer, so grübelte er, kann nur mit wenigen fein gesetzten Worten exakt des Pudels Kern beschreiben, wofür Männer eine gefühlte Ewigkeit diskutieren, rauchen, Weinbrand trinken und wieder diskutieren müssen. Was wäre das für eine Welt, wenn Frauen diese lenken und wir Männer uns artig verbeugen und lockere

Konversation über das Wetter oder die neueste Mode halten und wenn es wirklich wichtig wird, uns in die Teestube zurückziehen müssten? Jetzt musste er wirklich kurz auflachen.

Er schellte nach Johann. Der solle durch eine Bedienstete einen schönen Strauß Blumen von diesen Holländern kaufen, die hätten auch im November schöne Sachen.

Während er sich eher widerwillig dem Stapel Papiere zuwendete, den er schon wiederholt vorzog aber immer wieder zur Seite schob und auf dem obenliegenden Blatt zu lesen begann, merkte er, wie er Sätze zweimal lesen musste, er sich nicht ausreichend konzentriert hatte, weil er gedanklich abschweifte. Er schob den Haufen wieder zurück.

Den Bismarck, ja den kannte er gut, ein richtiger Deutschnationaler, erzkonservativ, uneingeschränkter Verehrer des Königshauses, nein, sowas ist heute nicht mehr selbstverständlich. Aber er war wie eine lästige Klette, drängte sich immer auf, machte keinen Hehl daraus, dass er mal ganz groß herauskommen wollte. Aber wohin? Mir als König nachfolgen? Er musste lächeln. In Frankfurt hatte er sich wirklich gut gemacht, als er ihn zum preußischen Gesandten machte, bei diesen Helden da im Bundestag, da schaffte er es doch tatsächlich die Österreicher in die Schranken zu weisen und denen zu zeigen, dass sich Preußen nicht einfach abspeisen ließ, wie ein nörgeliges Kleinkind.

Er weiß, was dieser Mann wert ist und Preußen vielleicht noch wert werden wird.

Wilhelm hat ihn sich erstmal vom Hals geschafft, ihn nach Petersburg abgestellt. Gefällt ihm gar nicht, nutzt jede Gelegenheit auf Besuch heimzukommen. Er freute sich, dass er bei ihm um Audienz bat. Er fühlte sich fast geehrt, jedoch hatte der Besuch ihn tatsächlich eher verwirrt.

Er blickte aus dem Fenster und dann wieder auf den Stapel Papiere, alles unwichtiges Zeugs, alles wirklich Wichtige legen die Sekretäre längst seinem Bruder vor.

Nein, er macht sich wirklich Sorgen, ob er eher der letzte preußische König ist, anstatt Deutscher Kaiser.

Schon seit 1789 wabert dieses schreckliche Gespenst der Revolution, des Aufruhrs im Volk, stellen sich immer mal wieder irgendwelche wortgewandten ‚Volksvertreter', wie sie sich hochtrabend nennen, in den Kneipen auf den Schemel oder sogar auf Plätzen und erzählen seinem Volk was von Freiheit, Gleichheit und sozialer Gerechtigkeit! Was bilden die sich ein! Nie in all den Jahrhunderten gab es einen solchen Fortschritt, wie in der heutigen Zeit, haben die Menschen zu arbeiten, zu Essen und sogar Vergnügen! Aber sei es drum, jetzt muss er das Schicksal Preußens in die Hand nehmen, das Königreich vergrößern, einen Bund schließen mit den anderen Königshäusern und dann, dann endlich Deutscher Kaiser werden, von dem dann mächtigsten Land in ganz Europa, das es mit Frankreich aufnehmen kann und mit England, ja, wir werden endlich ebenbürtig sein mit diesen Nationen! Dann wird sich alles andere von selbst fügen!

Elisabeth sprach mal von einer verpassten Gelegenheit und er war außer sich. Nein, sie hatte nicht Recht, als er damals die Kaiserwürde ablehnte. Diese verdammten Parlamentarier, die sogar die Paulskirche mit ihren Reden schändeten, wie kann man so eine Versammlung nur in einem Gotteshaus abhalten! Diese Vollbärtigen und Langhaarigen, wie sahen die bloß aus! Ja und Angst hatten die! Die ganze Zeit hatten die Angst, er würde seine Armeen mobilmachen und sie einfach hinwegfegen. Er presste die rechte Hälfte seiner Lippen zusammen. Das hätte er auch am liebsten gemacht, aber man muss ja diplomatisch bleiben, darf nicht immer gleich explodieren, wie das Geschoss eines 12-Pfünders.

Speichel lief ihm aus der hängenden Lippe des linken Mundwinkels und er griff nach seinem Taschentuch, als er merkte, wie dieser ihm am Kinn herunterzulaufen schien.

Aber zum Kaiser machen wollten sie ihn nur aus Angst, dabei bleibt er.

Er blickte zum Fenster hinaus.

Sei es drum, verzwickte Lage.

Was hätten seine Vorfahren an seiner Stelle gemacht? Die hätten auf jeden Fall auch abgelehnt! Im Gegenteil, die hätten ganz sicher Mobilmachen lassen!

Und jetzt?

Er drehte seinen Körper im Stuhl leicht nach links und konnte sich im einige Meter entfernten Spiegel anschauen. Aber er traute sich kaum. Was ist er bloß für eine jämmerliche Gestalt geworden? Seinen sitzenden Körper in der leichten Uniform machte eigentlich so noch einen ordentlichen Eindruck, aber sein Gesicht. Er traute sich nicht, sein eigenes Gesicht im Spiegel zu betrachten, konnte es auf Grund der Entfernung zum Spiegel zum Glück ohnehin nicht richtig erkennen, aber er wusste, dass es schrecklich aussah.

Er drehte sich zurück und machte sich erneut an den Stapel Papiere, las, tauchte die Feder in das Tintenfass, unterschrieb irgendetwas, was er letztendlich nicht wirklich verinnerlicht hatte und sinnierte fortgesetzt weiter, während er die feuchte Tinte abrollte.

Bonin hieß der Mann, ja er erinnerte sich wieder, General von Bonin, ein verrückter Hund, er musste lächeln bei dem Gedanken, einen preußischen General zum Oberbefehlshaber der Schleswig-Holsteinischen Truppen gemacht zu haben. Und alle haben sie mitgemacht: Der deutsche Bund und vor allem die Österreicher! Aber jetzt im Nachhinein waren die Jahre ab 1848 nicht sehr erfolgreich, die Dänen waren doch verdammt viel stärker, als er ahnte und so hangelten sie sich von Waffenstillstand zu Waffenstillstand.

Ha, an den Düppeler Schanzen, da haben wir sie fortgefegt, ja!

Aber Idstedt, oh Idstedt, das war schrecklich, er will sich lieber nicht daran erinnern. Er fühlte sich selbst schuld daran! Wusste er doch, dass er zuvor den Befehl erteilt hatte, die preußischen Truppen zurückzuziehen. Er hatte die Schleswig-Holsteiner im

Stich gelassen.

Von Bonin hat diese verdammten Demokraten, die die ganze Armee infiltrieren wollten, nicht in den Griff bekommen. Was wollten die? Ein ‚Doppelherzogtum in einem demokratisch verfassten geeinten Deutschland‘.

Lächerlich!

Aber am Ende hatte er selbst es vermasselt, wie die Juden es auszudrücken pflegen. Diese verdammten Dänen, die haben es doch tatsächlich zu einer europäischen Sache gemacht mit diesem verdammten Londoner Vertrag! Verzeih Herr, meine Sprache! Die da in England wussten bestimmt nicht, wo das überhaupt liegt dieses Schleswig, Holstein und Lauenburg!

Nein, nichts haben sie erreicht, gar nichts, alles blieb wie zuvor: Die Dänen herrschen weiter über ganz Schleswig, obwohl es nicht zu deren Staatsgebiet gehört und Lauenburg und Holstein bleiben im Deutschen Bund, werden aber von Dänemark verwaltet. Was für ein Konstrukt?

So kann es nicht bleiben! Bismarck hat Recht: Da wo Deutsch gesprochen wird herrsche auch ein Deutscher. Ein preußischer König selbstverständlich und späterhin ein Deutscher Kaiser.

Wenn nicht ich, dann eben mein Bruder!

Er konnte seinen Bruder insgeheim nicht ausstehen, war der doch so ganz anders als er, nicht ein bisschen gottesfürchtig, sondern im Gegenteil, verhält er sich fortwährend so, als sei er schon als Soldat und Offizier geboren worden. Er, Friedrich

Wilhelm war der Ältere, der qua Erbfolge König wurde, obwohl er es auch nicht verwehrt hätte, wenn er der Zweitgeborene gewesen wäre und einfach nur mit seiner lieben Frau ein geruhsames Leben hätte leben können, ohne für ein Königreich und dessen Fortbestand verantwortlich zu sein.

Nein, er hat nicht viel Glück gehabt im Leben: Keine Kinder, keine militärischen Erfolge und nun noch überall diese Aufstände im Volk. Von Wrangel hatte ihn im März 48 in Berlin gerettet, sonst hätten sie ihn an irgendeinem Baum aufgeknüpft, wie einen räudigen Dieb!

Mit einem Hauch von Ironie erinnert er sich daran, dass die Berliner sogar seinen Bruder für diesen Skandal, diesen Barrikadenkampf wie sie es nannten, verantwortlich gemacht haben. Das kommt davon, wenn man sich immer in die vorderste Front drängeln muss! So habe ich ihm ‚helfen‘ können und ihm Flucht und Exil verschafft – in London, und ihn mir erst einmal vom Hals geschafft.

Und bei alledem ist er jetzt krank geworden, schwerkrank. Nein eigentlich kann er die Regierungsgeschäfte kaum mehr führen. Wilhelm hat ihn in der Offiziersschaft sogar schon ‚schwachsinnig‘ genannt.

Alle Welt rechnet täglich mit seinem Ableben, nein, viele sehnen es schnellstmöglich herbei, dass endlich Wilhelm übernehme und wieder Ordnung im Reich schaffe!

Wieso hat dieser Bismarck überhaupt mit ihm gesprochen?

8

Schon weit vor Tagesanbruch wurde es laut im Gasthof, trampelten Männer mit ihren Stiefeln die Treppen rauf und runter und vor allem, war das Muhen der Ochsen auf der rückseitigen Weide deutlich zu vernehmen. Wilhelm meinte seinen Karli zu hören und sprang aus dem Bett, klatschte sich nochmal etwas Wasser ins Gesicht und zog sich schnell an. Er schnürte seinen Geldgürtel um die Hüfte und warf sich seinen Sack mit der Verpflegung über den Rücken. Ja, der Karli muhte laut mit im Chor der anderen Rindviecher, sein Nachtquartier schien ihm nicht gefallen zu haben. Wilhelm versorgte ihn mit Heu und einem Eimer Wasser, dabei aß er selbst ein Stück Brot und knabberte an einer Karotte. Als der Karli dies sah, muhte er laut auf und Wilhelm steckte ihm die Hälfte der Karotte ins Maul. Dann band er ihn los und sie trotteten von dannen.

Heute erreichten sie noch vorm Dunkelwerden

Idstedt und diesmal wollte er sich eine günstigere Bleibe für die Nacht suchen. Offenbar war er einer der ersten Ankommenden und so fragte er an mehreren Gasthöfen nach einer Bleibe für die Nacht. Aber alle waren nicht viel billiger, als die Gaststätte in Niendorf. Als er beim offenbar letzten Gasthof wieder vor die Tür trat, fragte er einen Passanten, ob er wüsste, wo es eine günstige Unterkunft gäbe. Ja, er müsse nur ein Stück weiter des Weges gehen, nach Nahe, da gäbe es auch einen Gasthof, der sei bekannt für sein gutes Essen. Wilhelm überlegte: Gutes Essen bedeutet sicher auch das er nicht gerade billig sein wird. Trotzdem machte er sich die gut eine Meile weiter des Weges auf nach Nahe. Der Gasthof bot auch eine Möglichkeit, den Karli rückseitig unterzubringen, war aber viel kleiner als die anderen und daher wohl auch nicht so beliebt bei den Ochsentreibern, die mit vielen Tieren eine Unterkunft suchen. Er war glücklich, dass das Zimmer nur vierzig Silbergroschen kosten sollte, also weniger als zwei Taler. Und für fünfzig Pfennige bekam er Heu, etwas Hafer und Wasser für den Karli. Auch für ihn selbst gab es ein warmes Essen und ein Bier für nur fünf Silbergroschen, welches er in Ruhe, allein an einem Tisch essen konnte.

Der Gasthof füllte sich zusehends und so fragte ein Mann den Wilhelm, ob er sich zu ihm an den Tisch setzen dürfe. Der Mann war offenbar kein Viehhändler, sondern, wie sich herausstellte, handelte er mit anderen Waren, die er mit seinem Fuhrwerk zwischen Hamborch und Holstein hin- und herfuhr.

Und er war sehr gesprächig, selbst während er am Essen war, berichtete ihm mit vollem Mund von seinem Handelswerk, weil er wohl hoffte, der Wilhelm wäre ein möglicher Kunde. Er wurde sichtlich stiller, als Wilhelm ihm sagte, dass er seinen Ochsen nach Hamborch zum Viehmarkt bringen wolle, er also kein Hiesiger ist, der als möglicher Kunde in Frage käme. Gleichwohl versuchte der Wilhelm ihm weiter Kenntnisse zu entlocken über den Weg nach Hamborch und natürlich dem Zoll.

Der Andere schien trotz, dass er an ihm nichts verdienen konnte, so etwas wie Mitleid zu empfinden und ganz offenkundig rang er mit sich selbst, dem Wilhelm ein Geheimnis anzuvertrauen. Dann sagte er ihm mit vorgehaltener Hand und einem Zeichen an den Wilhelm, seinen Kopf etwas über den Tisch vorzustrecken, in einem leisen Ton, er wüsste, wie er mit dem Karli den Zoll umgehen könne, er keinen einzigen Taler bezahlen müsste, um nach Hamborch reinzukommen, nur er würde von ihm eine Kleinigkeit verlangen, wenn er ihm hielfe.

Wilhelm war sofort Feuer und Flamme und wollte unbedingt wissen, wie das denn ginge und natürlich auch, wieviel der Andere dafür denn haben wolle.

Es gäbe einen Weg, wie genau und wie teuer, das würde er noch erfahren. Er müsse sich nur mit ihm in Garstedt treffen, also am gleichen Tage dort ankommen und im selben Gasthof übernachten. Sie verabredeten sich in zwei Tagen dort zu treffen. Vor lauter Freude darüber bestellte sich Wilhelm ein weiteres Bier aber er konnte mit dem Mann nicht weiter vertraulich sprechen, da sich weitere Männer an den Tisch setzten. So verabschiedeten sie sich zur Nacht und sahen sich erst einmal nicht mehr wieder.

Er brauchte zwei weitere Tage des Weges auf der Segeberger Chaussee bis er in der Ferne eine riesige schwarze Wolke sah. Offenbar Rauch eines großen Feuers, der sich in der ganzen Gegend ausbreitete und je näher er kam, nicht Ursache eines Brandes, sondern einem riesigen klinkersteinigen Gebäude aus dessen noch riesigerem Schornstein entwich. Fasziniert und gleichzeitig beängstigt sah er dieses Ungetüm und kam ihm über seinem Weg immer näher. Auf der Chaussee waren jetzt mehr Fuhrwerke unterwegs, die manchmal aus Seitenwegen herauskamen mit Männern mit großen langen Messern, Sensen ähnlich, darauf, die Fracht großer Torfballen haltend und offenbar auf dem Weg zu dem rauchenden Ungetüm. Ja, eine Bierbrauerei hatte er schon einmal gesehen, die ist auch groß und hat einen Schornstein aber diese Fabrik war deutlich größer. Er fragte einen Passanten, was das denn sei, was da so qualmen würde und erhielt die überraschte Antwort, das sei doch die Glashütte, die es hier in Tangstedter Heide schon viele Jahre gäbe. Da der Wilhelm immer noch ein etwas dummes Gesicht machte, erzählte der Mann weiter, dass sie dort Glas herstellen würden, für Fenster und Bierglas und weiß der Teufel was.

Er marschierte weiter des Weges, denn er musste am heutigen Abend unbedingt am Ochsenzoll ankommen, um den fahrenden Händler wieder zu treffen, der ihm mit dem Zoll helfen würde. Die

Chaussee führte, wie er in der Dunkelheit erkannte, offenbar direkt auf das Zollgebäude zu, denn ab dort war sie mit einem Schlagbaum versperrt. Der Gasthof Sellhorn war, nachdem er noch ein paarmal nach dem Weg fragte, noch geschlagene zwei Meilen weiter des Weges in Garstedt.

Er bekam noch ein Zimmer unter dem Dach, für das er erheblich mehr bezahlen musste als sonst und dessen Preis sowie den Preis des Essens im Lokal er ganz schnell aus seinem Gedächtnis wieder strich. Er dachte sich nur, wenn das die Catherine wüsste, dann gäbe es aber Zeter und Mordio!

Im Lokal blickte er sich um, das Gesicht des Händlers zu entdecken, was aber nicht so einfach war, denn im Gegensatz zu allen vorherigen Wirtschaften wirkten die Leute hier verschlossen, drehten die Köpfe zu Seite und unterhielten sich unscheinbar und für Dritte kaum vernehmbar. Eine seltsame Stimmung herrschte, die den Wilhelm etwas irritierte. Endlich fand er den Händler an einem Tisch sitzend. Dieser verzog das Gesicht als er den Wilhelm wiedererkannte. Offenbar hatte der gehofft, dass Wilhelm es sich anders überlegt hätte und nicht erschienen wäre. Wilhelm musste sich mehrmals bemerkbar machen, eh der andere endlich in seine Richtung blickte und zu erkennen gab, dass er ihn kannte. Er setzte sich mit seinem Teller und Bierkrug zu ihm an den Tisch aber auf die Versuche des Wilhelm mit ihm ein Gespräch zu beginnen ging er kaum ein. Im Gegenteil, er verspeiste schnell sein Essen und kippte sich sein Bier in den Rachen, dann stand er auf und während er im Weggehen war, raunte er Wilhelm zu, er sollte, wenn drüben die Kirchuhr neun schlagen würde, hinter dem Gasthof auf der Tenne mit seinem Ochsen bereitstehen. Und wenn er mitwolle, müsse er ihm drei Taler zahlen.

Wilhelm blickte ihm etwas nachdenklich hinterher. Dann aß er schweigsam sein Essen in sich hinein, was ihm angesichts des hohen Preises und des Vergleiches mit den Essen in den Gasthöfen zuvor nicht recht schmeckte. Aber er hatte einen großen Hunger und Durst. Er begab sich in sein Zimmer und beschloss, noch etwas zu schlafen, denn im Unklaren, was da heute Abend geschehen wird, ging er doch davon aus, dass er diese Nacht vielleicht keinen Schlaf mehr finden würde und schon gar nicht in einem warmen Bett. Er öffnete das Fenster leicht, sodass er die Kirchenuhr hören konnte, die viertelstündlich läutete und stündlich die Uhrzeit durch Glockenschläge in der Zahl der Stunden des Tages anzeigte.

Er schlief unruhig und war auch im Zweifel, ob er sich dem Händler wirklich anschließen solle aber die Ungewissheit mit dem Zoll, der ja so teuer sein soll, ließ ihn sich seinen Mut zusammennehmen. Nach dem Läuten um acht lag er wach und ab dem um halb neun zog er sich an, machte sich fertig und ging hinaus zum Karli. Dieser döste vor sich hin, wollte nichts saufen und nichts fressen und eigentlich nur seine Ruhe. Entsprechend unwirsch war er, als der Wilhelm ihm die Longe anlegte.

Dank des hell scheinenden Mondes, der zuvor herauskam, sah er einen Mann auf sich zukommen.

Es war der Händler, der ein schweres Packet auf seinem Rücken geschnallt hatte. Trotz des dicken Mantels mit Kapuze konnte er ihn erkennen. Dieser fragte, ob er bereit sei und hielt die Hand auf, die drei Taler entgegenzunehmen. Ohne weitere Worte griff Wilhelm in seine Tasche, um das bereits abgezählte Geld herauszunehmen und dem anderen zu übergeben. Der Händler machte ihm Zeichen und forderte ihn auf, ihm leise zu folgen. Schweigsam marschierten sie durch die Nacht und waren schon nach kurzer Zeit außerhalb der Ortschaft auf morastigen Wegen unterwegs. Wilhelm musste den Karli mit Kraft hinter sich herziehen, denn dieser hatte überhaupt keine Lust ihm zu folgen.

Nach einer halben Stunde sahen sie ein paar weitere Männer zusammenstehen und der Händler ging auf einen der Männer zu. Trotz gedämpftem Ton war dieser offenbar erbost, dass er den Wilhelm mit dem Rindvieh mitgebracht hatte, der würde alles nur unnötig erschweren und sie der Gefahr aussetzen, von der Schupo aufgebracht zu werden. Nein, den Wilhelm mit dem Ochsen nimmt er nicht mit!

Der Händler musste dem Mann, der offenbar die Gruppe über die Grenze führen soll gut zureden und irgendwann gab der Führer klein bei und führte die Gruppe zähneknirschend durch die moorige Landschaft. Wilhelm musste alle Kraft aufwenden, ihnen hinterher zu folgen und den Anschluss nicht zu verlieren. Der schwere Karli sackte manchmal bedenklich in dem Morast ein.

Nach einiger Zeit kamen sie an einen Bach mit

reißender Strömung. Es war der Grenzbach, die Tarpenbek, die Hamburg und Holstein voneinander trennte. An einer seichten Stelle, an der man über mehrere kleine Findlinge das Wasser überqueren konnte, ohne sich die Schuhe allzu sehr nass zu machen, hielt der Führer an und lauschte offenbar in Richtung des Hamburger Ufers. Als er überzeugt war, dass die Luft rein ist, gab er ein Handzeichen und die Männer marschierten los. Manche sprangen von Stein zu Stein, manche platschten hinein ins kalte Wasser, weil sie wegen der schweren Last, die sie auf ihren Rücken hatten, das Gleichgewicht verloren. Der Führer war bereits auf der anderen Seite, als Wilhelm als letzter mit dem Karli in den Bach trat und sofort steckte dieser mit seinen Beinen fest. Wilhelm musste ins Wasser springen und zog und zerrte an Karlis Longe, aber er bewegte sich nicht aus dem tiefen Morast des Baches. Dann ertönte ein Pfiff und kurz danach war auch für Wilhelm deutlich Pferdegetrampel zu vernehmen. Er blickte sich um und stellte fest, dass alle Männer wie vom Erdboden verschluckt waren, so schnell hatten sie sich aus dem Staub gemacht.

Drei Reiter hielten auf der Hamburger Seite an und einer rief ihm zu, was er denn da machen würde. Wilhelm erkannte drei uniformierte Männer auf großen glänzenden Reitpferden.

Es waren nur wenige Minuten, in denen der Wilhelm sich darauf einstellen konnte, nun unmittelbar von der Schupo gestellt und vielleicht verhaftet zu werden, aber in dieser kurzen Zeit bescherte ihm die Kälte der Nacht und seine eisigen nassen Füße einen kühlen Kopf, der ihn weiter an seinem Rindvieh zerren ließ, überrascht tun, sich zu den Beamten umdrehen, seine Mütze vom Kopf ziehen und kleinlaut zu melden, er sei ein Knecht aus Langenhorn, der mit dem Ochsen zum Decken war und das blöde Rindviech wollte jetzt unbedingt im Bach saufen und steckt jetzt fest und kommt nicht mehr heraus. Die Männer gucken ihn streng an, wie er da so steht, der Karli brummt und muht, dem Wilhelm strömt das eiskalte Bachwasser um die Füße. Für einen Moment herrscht gespannte Stille, da lacht einer der Beamten laut auf, und platzt heraus, ja, er müsse auch erstmal ordentlich einen saufen, wenn er vom Decken käme. Da lachten auch die anderen Beamten. Nur einer, offenbar der Oberbeamte wurde ganz schnell wieder ernst und schaute den Wilhelm wieder streng an und Wilhelm merkte, wie er nicht nur wegen der Kälte zu zittern anfing.

Der Oberbeamte stieg ab, griff hinter einer Satteltasche nach einem Seil, befestigte ein Ende an dem Sattel und warf Wilhelm das andere Ende zu. Dieser verstand sofort, befestigte das Seilende an Karlis Zaumzeug und schon trieb der Beamte sein Pferd an, den Karli herauszuziehen. Dieses wieherte und zog mit großer Kraftanstrengung, aber es schaffte es den Karli zu befreien. Wilhelm und Karli traten ans Langenhorner Ufer und er löste das Seil, um es dem Beamten zurückzugeben.

Er soll zusehen, dass er nach Hause kommt. Hier in der Gegend würden oft Schmuggler herumlaufen, üble Gesellen, die ihm gefährlich werden könnten.

Mit mehrfachem Dank, schwenken seiner Mütze und gleichzeitigem Fortziehen des Karli folgte der Wilhelm so schnell er konnte einem Weg durch das Dickicht. Die Kälte und nassen Füße machten ihm gar nichts mehr aus, so beseelt war er von seinem Glück, das Hamburger Land erreicht zu haben.

9

Man konnte zuschauen, wie der Vollmond unterging und damit die spärliche Beleuchtung immer weiter abnahm. Der Weg durch das Dickicht in Bachnähe führte auf eine Freifläche. Wie er erkannte, eine kleine Pferdekoppel, auf der entfernt zwei Pferde standen und sich ein kleiner Unterstand befand. Kurz entschlossen öffnete er das Gatter und ging mit dem Karli zu dem Unterstand. Innen band er den Karli an und sah, dass eine Leiter nach oben auf einen kleinen Heuschober führte. Er stapfte hinauf und bereitete sich ein Nachtlager im Heu. Es kostete ihn viel Kraft, seine nassen ledernen Stiefel von den Füßen zu ziehen, die er anschließend mit Heu ausstopfte. Auch seine Socken wrung er aus und hing sie zum Trocknen. Dann versuchte er sich ein wenig in das Heu zu betten und etwas zu schlafen.

Trotz der Mäuse, die neugierig an ihn herankamen, ihm manchmal über Körper und Gesicht liefen und die er in Verdacht hatte, auch an seinen nackten, käsigen Füßen zu knabbern, aber vielleicht war es auch nur das pieksige Heu, schlief er schließlich ein. Er träumte sogar vom heutigen Tage und noch viel mehr, was er jetzt in Hamborch für Abenteuer erleben würde. Dabei kamen auch die wüsten Geschichten, die einige Männer manchmal im Segeberger Gasthof über dieses Sankt Pauli zum Besten gaben, und er und alle anderen darüber brüllten vor Lachen und es alles für Dönschiss hielten und in Wirklichkeit kein Wort davon glaubten, wieder in Erinnerung. Er schmunzelte im Schlaf.

Irgendwann merkte er, dass die Geräusche, die er mit seinen Träumen in Verbindung brachte, das Schnauben von den Pferden der drei Schupo, wirkliches Schnauben war, nämlich der beiden Pferde der Koppel, die am Eingang standen, in den Unterstand hineinwollten, sich aber nicht trauten, weil da der Karli stand. Dieser brummte nur missmutig, aber die Pferde schnaubten weiter und wollten sich nicht wieder verscheuchen lassen. Wilhelm erhob sich, nahm die Stiefel, zerrte das nasse Heu aus ihnen heraus, schlüpfte hinein und stiefelte die Leiter hinunter. Er gab den Pferden einen Klaps am Hals und sprach beruhigend auf sie ein, dann band er den Karli los, führte ihn hinaus und band ihn um die Ecke, außen am Verschlag unter dem Dachüberstand wieder an. Es schneite leicht, was wohl der Grund dafür war, dass die Pferde hineinwollten. Diese hatten sich erstmal wieder etwas entfernt, kamen jetzt aber wieder heran, nachdem der

Karli weg war. Wilhelm stapfte wieder nach oben, stopfte die Stiefel erneut mit trockenem Heu aus und war zufrieden, dass sie wohl morgen früh wieder einigermaßen trocken sein würden. Dann legte er sich wieder hin, um ein wenig weiter zu schlafen.

Die Pferde unter ihm wirkten fast wie ein warmer Heizofen, was ihn am nächsten Morgen fast glücklich erwachen ließ, trotz dass er schnell merkte, nicht neben Catherine im Bett, sondern auf einem Heuschober zu liegen. Während er einigen Krähen, die sich auf der Koppel balgten und in Pferdeäpfeln nach Essbarem pickten zusah, grübelte er nach, wie er jetzt weiter seines Weges kommen solle, den Weg zum Viehmarkt finden, viel Geld für den Karli zu bekommen und ganz schnell wieder nach Hause zu seiner geliebten Frau zu kommen. Von der hatte er im Übrigen letzte Nacht auch geträumt. Es war aber kein schöner Traum, denn er sah sie im Bett liegend, schreiend vor Schmerzen, während sie versuchte das Kind aus ihrem Bauch heraus zu bekommen. Sie hatte ihre Geburten immer gut hinbekommen. Sicher es war alles entsetzlich anstrengend und vor allem schmerzhaft für sie, aber am Ende hatte sie glücklich ihr Neugeborenes auf ihrem Bauch liegen. Na fast immer. Aber diesmal hatte der Wilhelm kein so gutes Gefühl, im Gegenteil, er war regelrecht beunruhigt und ihn plagte eine üble Vorahnung, für die er aber keinen wirklichen Grund erkannte, außer dass seine Frau schwächlich und ungesund aussah aber so sah sie eigentlich immer vor einer Niederkunft aus. Trotzdem, er machte sich Vorwürfe, nicht bei ihr zu sein, sich auf diesen ungewissen Weg mit dem Karli gemacht zu haben, dass hätte er doch auch im Frühjahr machen können, aber nein, sie brauchten unbedingt Geld um mit der ganzen Familie durch den Winter zu kommen. Mann, Mann, Mann, grübelte er, zerrte das Heu aus den Stiefeln, zog die klammen Socken wieder über, dann in die Stiefel hinein, die er zuschnürte und zufrieden war, dass sie so einigermaßen trocken waren.

Mit dem Karli an der Longe folgte er dem Weg weiter, denn er hatte keine rechte Ahnung, wie er wieder auf die Chaussee käme. Die Sonne zeigte sich im Osten und er ging ihr entgegen, in der Hoffnung auf die weiterführende Chaussee zu gelangen, von der er aus der Erinnerung seiner Karte wusste, dass sie nach der Zollstelle weiter durch Langenhorn hindurch Richtung Hamborch führte. Denn in der Stadt war er hier in Langenhorn noch lange nicht.

Sein Gefühl trügte ihn nicht. Nach einiger Zeit sah er Häuser und Höfe, waren Menschen auf den leicht verschneiten Wegen und Straßen unterwegs und als er an der Chaussee war, waren da auch wieder die Fuhrwerke und Ochsentreiber mit ihren Tieren auf dem Weg nach Hamborch. In der entgegengesetzten Richtung sah er einen Markt und viele Menschen, die dort versammelt waren. Er musste sich unbedingt etwas zu Essen kaufen, vielleicht ein Brot oder sogar eine Wurst, so zusagen, zur Feier des Tages. Denn je näher er kam, desto deutlicher konnte er die Zollstelle mit ihrem Schlagbaum, die wartenden Fuhrwerke und uniformierte Beamte erkennen und er schmunzelte bei sich, dass er sich bereits auf der richtigen Seite des Schlagbaumes befand.

An einem Stand verkaufte ein Bauer geräucherte Würste. Der gute Geruch der Wurst stieg ihm in die Nase und der Hunger verstärkte sich dadurch noch einmal. Er band den Karli irgendwo an, und suchte sich bei dem Händler eine schöne Wurst aus, die an seinem Stand von einem Spalier herabhing. Zur Sicherheit nahm er die kleinste, die sollte 80 Pfennige kosten. Er kramte in seiner Hosentasche, in der er noch etwas Kleingeld hatte. 80 Pfennige rechnete er nach, Mensch, das sind ja bald 7 Silbergroschen! Nein, das kann nicht sein! Er wollte sich gerade wieder umdrehen, da sagte ihm der Händler er spräche von 80 Hamburger Pfennigen, nicht von Holsteiner oder preußischen Pfennigen, denn er hatte wohl Wilhelms Geld in dessen offener Hand gesehen. Er solle vielleicht da drüben, gegenüber dem Zollhaus zu der Sparkasse gehen, da würden sie ihm sein Holsteiner Geld einwechseln.

Wilhelm nickte ihm dankbar zu, band den Karli los und ging in Richtung der Zollstelle. Aber je weiter er ging, desto unruhiger wurde er in seiner Magengegend. Die vielen Männer, die mit Beamten hin- und her sprachen, ihre Waren vorzeigen mussten und dabei ängstlich wirkten gegenüber den schwarzuniformierten streng blickenden Beamten.

Er schlich sich regelrecht durch das Gewusel des Marktes und des Bereiches vor der Zollstation und band den Karli vor einem großen, sehr gepflegten, silbrig-weißen Gebäude, welches mit Säulen vor dessen in Hochparterre gelegenen Eingangsportales verziert war, an und betrat langsam, gespannt, fast demütig die Treppe, durchschritt das Portal, über dem in großen Lettern das Wort „Sparkasse" stand, dessen Tür ihm durch das Heraustreten eines anderen Mannes geöffnet wurde, eine Halle mit einer hohen Decke, deren Giebel mit einer Glaskuppel ausgestattet war, durch die das Sonnenlicht einfiel.

Noch nie hatte er ein solches Gebäude betreten, er war auch niemals in einer Sparkasse, höchstens in Segeberg auf dem Amt oder im Pfarrhaus, um die Geburt eines seiner Kinder anzuzeigen.

Ein Beamter hinter einem vergitterten Schalter winkte ihm etwas unwirsch zu, als er sah, wie der Wilhelm unsicher in der weiten leeren Halle herumstand und sich nicht vom Fleck bewegte. Er trat heran und sagte, er wolle Geld eintauschen. Holsteiner in Hamborjer Geld, ob das denn ginge? Der Beamte nickte knapp und sagte, er solle sein Geld mal hergeben. Unsicher kramte Wilhelm den Inhalt seiner Hosentasche heraus, legte alles auf den kleinen Tresen vor dem Gitter und der Beamte griff durch das Gitter hindurch, welches unten eine kleine halbrunde Öffnung hatte, durch die man etwas durchreichen oder seine Hand durchschieben konnte.

Die Silbergroschen würde er tauschen sagte der Beamte, aber die Pfennige nehmen sie nicht und schob sie ihm wieder zurück, ob er denn vielleicht noch Taler zu tauschen hätte? Wilhelm blickte sich um und sah, dass hinter ihm bereits weitere Leute warteten und ein Mann direkt hinter seinem Rücken stand. Er öffnete seine Joppe und nestelte an seinem Gürtel. Der Beamte machte ein ungeduldiges Gesicht, erkannte aber auch, dass Wilhelms Bemühen, die Taler aus seinem Gürtel herauszudrücken davon beeinträchtigt war, dass die nächsten Kunden so unmittelbar in Wilhelms Nähe standen. Er machte mit seiner Hand eine Fingerzeigbewegung, die den anderen signalisierte, etwas Abstand zu halten, darauf rückten die nächsten Kunden alle rückwärts etwas zurück. In der Zwischenzeit hatte Wilhelm seine restlichen Taler aus dem Gürtel geholt und auf den Tresen gelegt. Der Beamte schien zufrieden, zählte Taler und Silbergroschen zusammen, wobei er sie fein säuberlich in einer Reihe mit dem Finger vor sich aufreihte. Dann drehte er sich zur Seite, wo sich ein großes silbrig-metallenes Ungetüm mit Schiebereglern befand, die er mit ratternden Geräuschen betätigte und am Ende einen großen Hebel am Gerät herunterdrückte, das dann nochmal ratterte und einen Zettel dabei auswarf, dessen Ende der Beamte abriss und dem Wilhelm durch das Gitterloch schob. Auf dem Zettel standen mehrere Zahlen, die der Wilhelm nicht verstand. Der Beamte zählte bereits laut Hamburger Geld ab, schob es ihm durch die Öffnung, während er Wilhelms Taler zur Seite schob. Und da lagen sie nun, dreißig Mark, 48 Schillinge und 384 Pfennige, sagte der Beamte, der Rest seien die Spesen für den Umtausch, das sehe er alles auf der Abrechnung und deutete dabei auf den kleinen Zettel. Der Beamte sah ihn an, der Wilhelm war so überwältigt von der Summe, dass er sein Geld gar nicht greifen mochte und der Beamte daher nochmals durch ein Handzeichen ihm begreiflich machen musste, endlich sein Geld zu nehmen und Platz zu machen für den nächsten Kunden. Als er nun unwirsch den nächsten Kunden aufrief, der dann auch gleich sich in Wilhelms Rücken herandrängelte, griff er schnell nach seinem Geld, bedankte sich nochmal bei dem Beamten, der diese Geste völlig ignorierte, drehte sich um und verblieb nochmal in einer Ecke der großen Halle, denn er wollte zumindest die Markstücke in seinen Geldgürtel hineindrücken, bevor er das Gebäude verließ.

Wieder draußen auf dem Portal stehend zog er sich die Joppe wieder fest zu, denn es war schneidend kalt aber er war glücklich und fühlte sich, angesichts der vielen Geldstücke am Körper wie ein reicher Mann. Dabei überblickte er das Gewusel vor ihm, die Fuhrwerke, die vielen Menschen und sah auf seinen Karli, der unten an einem Laternenpfahl angebunden wartete. Direkt neben dem Karli stand ein Mann. Ein Mann in Uniform. Der blickte auf den Karli und jetzt, wo der Wilhelm oben aus der Sparkasse heraustrat, auch auf ihn. Es war der Beamte von gestern Nacht. Der, der den Karli mit seinem Pferd aus dem Bachbett herausgezogen hatte. Wilhelm hatte ihn zwar wegen der Dunkelheit nicht so richtig gesehen, aber er ist sich sicher. Auch der Beamte scheint sicher, mit dem Wilhelm und seinem Ochsen denselben Mann und denselben Ochsen vor sich zu haben, denn er blickte beide, den Karli mit seinen immer noch schlammbedeckten Läufen und den Wilhelm streng an. Langsam trat Wilhelm die Treppe hinunter und tat unbedarft, so als sehe er den Beamten gar nicht und machte Anstalten, den Karli loszubinden. Was er denn hier mache, fragte der Beamte. Wilhelm zog seine Mütze und mit unterwürfiger Körperhaltung, gesenktem Kopf und gebeugtem Rücken sagte er, er hätte für seinen Herrn auf der Sparkasse Geld umgetauscht. Der Schupo blickte weiter skeptisch, denn wieso hätte ein Langenhorner Bauer Geld zu tauschen und obendrein noch so viel Vertrauen in seinen Knecht, ihn mit dem Geld loszuschicken?

Wilhelm merkte, dass der Schupo ihm seine Geschichte nicht abkaufen wollte und händeringend überlegte er, was er jetzt an Erklärung nachschieben soll, um den Beamten vom Hals zu kriegen.

Da ertönte plötzlich großes Geschrei auf der Chaussee, Pferde wieherten und zwei Fuhrwerks-Chauffeure schimpften sich gegenseitig an und der Verkehr kam zum Stillstand. Der Schupo blickte sich um, nahm seine Trillerpfeife und stieß einen schrillen Pfiff aus. Mit der deutlichen Aufforderung hier zu bleiben und auf ihn zu warten, marschierte er zackig zu den beiden Streithähnen. Wilhelm, der zwischenzeitig den Karli losgebunden hatte, dachte gar nicht daran, auf den Schupo zu warten, sondern er riss an der Longe und verschwand so schnell er konnte mit dem Karli im Gewühl. Erschrocken von dem großen Ochsen nicht niedergetrampelt zu werden, stobten die Leute auseinander und ließen den Wilhelm passieren und in der Menge untertauchen.

10

Auf den Kauf einer Wurst und Brot musste er wohl oder übel verzichten, denn er wollte schnellstmöglich weiter der Chaussee Richtung Hamborch folgen. Da er den weiteren Weg bis zum Viehmarkt in Sankt Pauli nicht kannte, er sich aber möglichst auch keine Landkarte kaufen wollte, reihte er sich in die Reihen der Ochsenhändler ein, um ihnen zu folgen. An der Chaussee, die im Übrigen in einem üblen Zustand, voller Furchen und Matschlöcher war, standen in Abständen Gruppen von Jungen, im Alter von zwölf, vielleicht fünfzehn Jahren, die sich den Händlern offenbar anboten, ihre Tiere zu führen. So kam der Treck häufiger zum Halten und die Männer verhandelten mit den Bengeln, die geschickt und abgebrüht waren und sich nicht für kleines Geld so einfach abspeisen ließen. Aber für die Händler war das Führen ihrer Ochsen durch den dichten Verkehr jetzt viel schwerer geworden, hatten sie oft Mühe, ihre

Ochsen beisammenzuhalten. So heuerten sie doch so einige der Jungen an, ihnen bei Führen der Tiere zu helfen.

Nein, der Wilhelm bräuchte ihre Hilfe nicht, er hätte nur den einen Ochsen. Aber der Händler direkt vor ihm heuerte gleich eine Gruppe von fünf Jungs an.

Nach einiger Zeit kam der Treck vollkommen zum Stehen und von Weitem war zu erkennen, dass Schupo offenbar die Chaussee abgesperrt hatten. Wilhelm konnte einen der Jungen hören, der nach vorn gelaufen war, jetzt zurückkam und seinen Freunden berichtete, dass die Schupo einen Schmuggler mit einem Ochsen suchen würden, der gestern Nacht über die grüne Grenze gegangen sei.

Dem Wilhelm war sofort klar, dass damit nur er gemeint sein konnte und sie ihn jetzt suchen und verhaften wollen. In seinem Gesicht war wohl regelrecht Panik zu erkennen, denn die Gruppe der Jungen sah ihn an und einer von ihnen lächelte ihm jetzt direkt zu, da er erkannte, dass Wilhelm der Gesuchte war und sprach ihn an. Für hundertfünfzig Pfennige würden sie seinen Ochsen nehmen und durch die Kontrolle führen. Wilhelm tat, als verstünde er nicht, aber er war ein schlechter Schauspieler, denn der Junge sah ihn weiter an und hielt jetzt sogar die Hand vor ihm auf. Wilhelm sprach kein Wort, kramte in seiner Hosentasche und zählte unwirsch das Geld in der Hand des Jungen ab. Anschließend hielten auch die anderen vier Jungen ihre Hände auf und schauten Wilhelm dabei an. Seine Freunde sollen ihn ja schließlich nicht verpfeifen, meinte der Anführer und er, der Wilhelm, wolle doch hinter der Absperrung seinen Ochsen wieder haben. Wilhelm biss sich auf die Lippen und zählte nochmals jeweils einhundertfünfzig Pfennige in den Händen der anderen Jungen ab. Dann nahm der Anführer ihm die Longe des Karli aus den Händen und die Jungs drehten sich um und trotteten in Richtung der Schupo-Kontrolle.

Wilhelm wusste nicht, ob er froh sein sollte über die unerwartete Hilfe der Jungen oder eher wütend, von ihnen ausgenommen worden zu sein. Seine eigenen Söhne hätten wohl gehörig eines hinter die Ohren von ihm bekommen, wenn sie sich so ihm gegenüber verhalten hätten. Sein Gegrummel wurde aber schnell abgelöst von der Angst vor den schwarzen Schupo, denen er jetzt immer näherkam. Diese hatten aber keinen Blick für ihn, sondern ausschließlich für die Ochsenhändler und er konnte unbehelligt einfach an der Kontrolle vorbeigehen. Eine viertel Meile dahinter wartete er am Straßenrand. Nach einer halben Stunde kam der Treck des Händlers an ihm vorbei, hintenan die Jungen, von denen der Anführer dem Wilhelm die Longe des Karli in die Hand drückte. Wenn er nochmal Hilfe bräuchte, könne er sich stets an ihn wenden, meinte er dabei auf eine, wie Wilhelm empfand, so großkotzige Art, dass er ihm am liebsten eine gelangt hätte. Aber er riss an der Longe, drehte sich um und alle marschierten weiter des Weges auf der Langenhorner Chaussee.

Als der Treck nach zwei Stunden des Weges nach Westen abbog, zottelte der Wilhelm zwar weiter hinterher, war aber verunsichert, wieso sie nicht der Chaussee weiter nach Hamborch folgten. Er schob sich ein wenig vor, um mit dem Viehhändler ins Gespräch zu kommen. Dieser war jetzt auch ein wenig entspannter, führte er doch selbst jetzt nur noch einen seiner Ochsen, während die Jungen sich um den Rest kümmerten.

Nein, nach Hamburg rein darf man schon lange nicht mehr mit Vieh, welches nicht angeschirrt ist. Das ginge auch gar nicht mehr, die vielen Menschen und Fuhrwerke würden die Ochsen dort nur vollkommen irre machen. Diese Stadt sei ein einziges Tohuwabohu. Nein sie würden jetzt dem Alsterlauf nach Westen folgen. Wo denn der Viehmarkt genau sei, fragte der Wilhelm. Den Viehmarkt, na der heißt vielleicht noch so, mit Vieh würden sie da schon seit Jahren nicht mehr handeln, nein, das ist jetzt ein großer Schlachthof. Das Fleisch brauchen sie mittlerweile in der Stadt ganz alleine. Wieviele Ochsen er denn hätte, fragte der Mann. Nur diesen einen, antwortete Wilhelm. Der andere schaute etwas verwundert, dann lächelte er, streckte Wilhelm seine Hand entgegen und sagte seinen Namen: Alfons Wagenseil. Wilhelm gab ihm auch die Hand und nannte ihm dabei auch seinen vollen Namen.

Der sei aber auch schon ein älteres Semester, meinte der Alfons mit Blick auf den Karli. Da müsse er ganz schön zusehen, für den noch Geld zu bekommen. Die Schlachter kriegen im Moment genug junge Ochsen, aber die Stadt sei ja ganz schön verfressen, die viel zu vielen Menschen, die da rumlungern, und so viele aus Schleswig und Holstein und sogar weit aus dem Osten kämen die jetzt in die Stadt, weil sie weiter wollen nach Amerika, wo angeblich für jeden genug Land da ist zum Leben.

Wilhelm machte wohl einen sehr verwunderten Eindruck, woraufhin der Alfons ihn meinte weiter aufklären zu müssen: Amerika, das ist da auf der anderen Seite des großen Meeres, riesig sei das, so riesig, das könne man sich gar nicht vorstellen, dagegen sei Hamburg oder selbst der ganze Deutsche Bund ein Möwenschiss! Wilhelm nickte, als verstünde er, wirklich interessieren tat es ihn ohnehin nicht, nur die Geschichte mit dem Schlachthof verunsicherte ihn jetzt und er wollte dem Alfons unbedingt mehr Informationen entlocken. Ah, der Karli, der bestünde aus schierem Muskelfleisch, kein Fett, der sei was richtig gutes, das müsse doch ein erfahrener Schlachter erkennen. Der Blick des anderen blieb eher zweifelhaft. Er solle sein Glück versuchen, meinte er, erstmal müssen sie noch mindestens einen Tag marschieren. Wo man denn hier über Nacht bleiben könne, fragte der Wilhelm noch. Alfons sagte, er kenne einen ehemaligen Bauern, der seine Scheune umgebaut hätte und jetzt an die Händler zum Übernachten vermiete, da würde er jetzt hinmarschieren und er lud ihn ein, ihm zu folgen.

Als es gegen vier Uhr nachmittags anfing dunkel zu werden, erreichten sie eine Stelle, wo der Fluss in einen großen See mündete. Und zum ersten Mal sah er in der Ferne, am anderen Ende des Sees die Konturen der wahrhaft riesigen Stadt Hamburg. Trotz beginnender Dunkelheit leuchtete sie regelrecht hell in den Himmel und einige offenbar große Kirchtürme ragten dort in die Höhe.

Am Uferbereich des Sees stehen mehrere große Häuser, regelrechte kleine Schlösser, mit eisernen Zäunen umringt, riesigen Fenstern, in denen Licht brannte und von denen die Bewohner einen freien Blick auf den See haben. Den staunenden Blick des Wilhelm erkennend, meinte der Alfons zu ihm, das seien die Villen der ehrbaren, reichen Hamburger Kaufleute, die gäbe es jetzt immer mehr. Die haben so viel Geld, dass sie aus der engen, dreckigen Stadt flüchten und sich hier ihre Schlösser bauen würden. In seiner Stimme mischten sich Verachtung aber noch viel mehr Neid. Die würden bei schönem Wetter ihre Frauen mit ihren eigenen kleinen Schiffchen auf der Alster spazieren fahren!

Wilhelm kommt aus dem Staunen kaum mehr heraus. Nein, in so einem Haus würden sie nicht übernachten, meinte Alfons, sie gingen zum Hinrich Thies, dessen Hof würden sie gleich erreichen, Harvestehude hieße das da.

Sie schwenkten ein wenig weg von der Alster und erreichten ein Bauerngehöft mit mehreren Scheunen, führten die Tiere auf eine kleine hinter den Gebäuden liegende, umzäunte Weide. Alfons ging voran und Wilhelm folgte ihm zum Bauerngehöft. Der Bauer stand bereits vor der Tür und begrüßte Alfons, dieser stellte den Wilhelm dem Hinrich vor. Sie gaben sich die Hand. Erneut musste Wilhelm auf die Frage, wie viele Ochsen er denn hätte antworten und erntete verhaltenes Gelächter und Staunen. So ein Aufriss für einen Ochsen! Das lohne sich doch gar nicht!

Alfons meinte etwas für Aufklärung sorgen zu müssen und sagte, dass der Wilhelm kein Händler sei, sondern Bauer. Wo käme er noch gleich her? Aus Segeberg? Etwas fragende Blicke der beiden anderen, die offenbar keine rechte Ahnung hatten, wo das wirklich sei. Ne, mien Jung, redete der Hinrich nur so halb in die Richtung des Wilhelm, Landwirtschaft könne man hier in Hamburg nicht mehr betreiben, da kriegt man seine Kinder nicht mehr mit satt, und er machte eine ausholende Handbewegung in Richtung einem ganzen Schwung voll Kindern, die vor dem Haus umherliefen und spielten. Und die reichen Schnösel in ihren Palästen machen sich obendrein lustig über dich, ne, ne. Er mache jetzt lieber auf Herberge, so lange es geht und irgendwann verkaufe er seine Scholle an irgendeinen piekfeinen, reichen Hamburger, dann hätte er ausgesorgt. Und nebenbei hatte er jetzt die Kurve gekriegt, seine Hand aufzuhalten, um von Alfons und Wilhelm das Geld für die Übernachtung zu kassieren.

Später am Abend saßen die Männer mit am Tisch der großen Familie und aßen mit ihnen einem Eintopf aus Linsen. Zu trinken gab es nur Wasser. Aber dem Wilhelm war es ganz recht, hier so in der Runde einer Bauersfamilie zu sitzen, erinnerte es ihn doch an seine eigene und er musste aufpassen, dass die Wehmut sich nicht breitmachte, sondern, dass er sich versuchte darüber zu freuen, hier in geselliger Runde der geheizten Küche zu sitzen und nachher in einem richtigen Federbett zu schlafen, ja und morgen, morgen hatte er es dann endlich geschafft, da würden sie den Ochsenmarkt erreichen, er würde den Karli verkaufen und schnell, ganz schnell nach Hause zurückkehren.

Nachschlag?

Die Bauersfrau riss ihn ein wenig aus seinem Tagtraum.

Oh, ja, ja, den nehme er gerne noch.

11

Am nächsten Morgen marschierten beide Männer mit ihren Ochsen und den Jungen, die die Nacht auf dem Heuboden einer der Scheunen verbracht hatten, auf einer gepflasterten Straße, dem Harvestehuder Weg, nahe dem Ufer des großen Alstersees entlang in Richtung der Stadt. Die Faszination, die die immer gewaltiger erscheinende Stadt mit ihrem alten Stadtwall für den Wilhelm ausstrahlte, teilte auch der Alfons, denn er versuchte dem Wilhelm trotz blendender, tief stehender Wintersonne die Namen der einzelnen Türme zu nennen, dabei zeigte er mit der Hand von West nach Ost: Sankt Michaelis, Nikolai, Catherinen, Petri und Jacobi. Wilhelm war wirklich beeindruckt, nicht nur von den Türmen, sondern auch von Alfons Kenntnis.

Kurz vor dem ersten sichtbaren Stadttor, dem Dammthor, bogen sie weiter westlich ab entlang des Stadtwalls, der keine wirkliche Schutzfunktion mehr hatte und über den die Stadt zwischenzeitig längst hinausgewachsen zu sein schien. Stattdessen gab es jetzt linker Hand einen botanischen Garten rechts ein riesiges Kirchhofsgelände, so erklärte Alfons, auf dem alle große Kirchen ihren eigenen Begräbnisplatz haben. Es muss wohl auf den Kirchplätzen so eng zugehen, dass die Kirchhöfe keinen Platz für ihre Toten bieten und sie sie stattdessen vor den Toren der Stadt begraben müssen. Dies sei hier alles die Vorstadt und hinter dem neuen Holstenthor erreichten sie eine sehr große Freifläche, das Heiligengeistfeld, auf diesem stand am oberen Rand nur eine große Windmühle, die gemächlich ihre Flügel drehte. Warum hier keine Häuser oder Höfe stehen, nein, das wüsste er auch nicht, meinte der Alfons, vielleicht haben die Angst vor dem Heiligen Geist? Beide Männer lachten. Nein dort hinten, hinter der Mühle, da wollen sie einen neuen Viehmarkt bauen, aber noch müssen sie mit den Tieren nach Sankt Pauli rein. Ja, dieses Sankt Pauli, meinte Alfons, das liegt genau zwischen Hamburg und Altona. Man sagt, dass da die Menschen leben, die sie nicht in Hamburg und nicht in Holstein haben wollen, und ich weiß auch warum und Alfons musste ein wenig dreckig lachen. Wilhelm sah ihn etwas zweifelnd und unsicher an aber Alfons gab keine weitere Erklärung. Hinter dem Heiligengeistfeld erstreckten sich bereits die ersten Häuserblöcke. Gebäude, in denen die Menschen manchmal über vier Etagen hinweg wohnten! Aus jedem dieser Wohnblöcke qualmten jeweils mehrere Schornsteine schwarzen Rauch in die Luft und überall

Menschen, Menschen, Menschen! Und Fuhrwerke, Ochsenkarren aber auch elegante leichte Kutschen gezogen von schön anzusehenden Pferden und Kinder, unzählige, spielende, herumtollende Kinder auf den Wegen und Straßen!

Wilhelm kam aus dem Staunen kaum heraus.

Jetzt am Vormittag trafen immer mehr Viehhändler auf den Straßen zusammen, die alle in die eine Richtung marschierten, zum alten Ochsenmarkt an der Bleicherstraße. Linker Hand die Oelmühle, rechts der Pferdemarkt und nun bei der Überquerung der Eimsbüttler Straße, einer großen gepflasterten Chaussee staute sich der Treck der Ochsentreiber, wurden die Tiere unruhig, brüllten manche Tiere und manche Männer gleichzeitig. Wilhelm hielt seinen Karli kurz, dieser behielt, wie es seine Art war, die Ruhe, aber Wilhelm konnte aus seinen Augen Angst und aufkommende Panik erkennen. Er tätschelte ihn am Hals und sprach beruhigend auf ihn ein. Die Schupo pfiff auf Trillerpfeifen und musste manchen Kutscher und Viehtreiber auseinanderbringen, die sich in die Haare bekamen. Wilhelm verlor den Alfons aus den Augen und strebte daher selbst zielstrebig der Menge nach, in der Hoffnung bald sein Ziel zu erreichen.

Er konnte erkennen, dass alle Viehtreiber vor einem großen Gatter warteten und jeder damit zu tun hatte, seine Ochsen zu beruhigen. Um Punkt Elf würden sie öffnen, schnappte er von jemandem auf und tatsächlich, mit einem Mal wurde das große Tor geöffnet und mehrere Männer in weißen Kitteln mit weißen Mützen traten heraus und auf die Händler zu. Diese streben ebenfalls diesen Männern entgegen, wollten ihnen als Erste ihre Ochsen vorführen. Die Weißkittel guckten streng, besahen zielstrebig die Tiere, schauten, dem einen oder anderen ins Maul oder sahen sich die Hufe an. Dann zückten sie Holztäfelchen aus ihren Kitteltaschen, auf denen römische Ziffern aufgedruckt waren. Zum Glück nur kleine Zahlen, von eins bis wohl höchstens fünf. Und die Fünf war wohl die Unbeliebteste der Täfelchen, weil sie, so hörte es sich für Wilhelm an, den geringsten Verkaufserlös brachte. Er drängte sich an einen Weißkittel heran, um ihm den Karli vorzuführen. Der Mann schaute streng, sein Kittel war wirklich nur von Weitem weiß, jetzt aus der Nähe sah er, dass er voller bräunlicher Flecken war, es waren Spritzer und Wilhelm registrierte, dass es Blutflecken waren, gegorenes, getrocknetes Blut. Aber den Schock dieser Erkenntnis versuchte er sofort zu unterdrücken, als er merkte, dass der Mann kurz seinen Blick auf den Karli richtete. Was er denn mit dem hier wolle, fragte der Mann, den solle er man mal zum Abdecker bringen, den alten Ochsen würden sie hier nicht nehmen, und sofort wendete er sich dem nächsten Tier und dessen Besitzer zu. Wilhelm war starr von dem Schock, den diese Aussage des Weißkittels in ihm verursachte. Seine ganze, mühevolle Reise völlig umsonst. Mehrere Männer und andere Ochsen stießen ihn an, verdrängten ihn von den vorderen Plätzen am Gatter.

Aber der Schock währte nur kurz, da riss sich der

Wilhelm mit einem inneren Grimm zusammen, führte den Karli außen herum an die andere Ecke des großen Gatters. Ihr verdammten Großkotze dachte er bei sich, so einfach lässt sich ein echter Holsteiner Landwirt nicht abspeisen! Da hab ich im Leben schon ganz andere Sachen gemeistert, als ihr elenden Waschlappen hier in eurem Hamborjer Molloch!

Er drängte sich an einen anderen Weißkittel heran. Als der mit einem Händler gerade fertig war, redete Wilhelm sofort auf den Mann ein. Sein Ochse sei ein Prachtexemplar, schieres Muskelfleisch, kaum Fett, der hätte oben in Holstein über Jahre jede Kuh gedeckt, weil alle Bauern unbedingt Kälber von ihm haben wollten. Hier, schaun' Sie mal, und er öffnete mit seinen Händen des Karlis Gebiss.

Der Weißkittel schaute skeptisch, aber nicht grundsätzlich ablehnend. Der sei zu alt, den hätte er man mal vor fünf Jahren herbringen sollen, jetzt sei sein Fleisch zäh wie Schuhsohlen. In Wilhelm brodelte es vor Ingrimm, aber er riss sich zusammen, blieb freundlich aber nachdrücklich, pries den Karli weiter an. Der Weißkittel wendete sich bereits ab und dem nächsten zu, da redete der Wilhelm weiter. Der Weißkittel wurde ärgerlich, er, der Wilhelm, solle gefälligst warten, bis er fertig sei. Wilhelm blieb ruhig, wich dem Weißkittel aber nicht von der Seite. Sobald er mit dem Händler fertig war, redete er wieder auf ihn ein, bis der Mann endlich in seiner Kitteltasche kramte, einen kleinen Stapel Täfelchen herausholte und dem Wilhelm unwirsch eines davon in die Hand drückte. Dann drehte er sich gleich wieder weg zum nächsten Händler. Wilhelm sah sich sein Täfelchen an, ein V stand darauf, fünf, und sofort machte sich in Wilhelm trotzdem eine große Enttäuschung breit, ahnte er doch, dass er für den Karli den schlechtesten der möglichen Preise erhalten würde.

Ein dicklicher Händler neben ihm, der seinerseits gerade mit einem Weißkittel abgerechnet hatte und einen Täfelchenstapel mit seiner fetten Pranke hielt, aber sie kaum umfassen konnte, sah den traurigen Wilhelm, klatschte ihm in seiner Freude über ein offenbar gutes Geschäft mit der anderen Hand auf die Schulter, lachte dabei und meinte in diesem grässlichen Hamburger Platt beginnend mit ‚na mien Jung‘, da hätte er ja richtig in die Scheiße gegriffen.

Eine unbändige Wut kochte in Wilhelm auf und er ließ die Leine des Karli locker, der seinerseits völlig durch den Wind war, gab ihm einen Klapps, sodass er mit Gebrüll hinten ausschlug, dabei einen mächtigen Satz zur Seite machte und den dicken Händler dadurch zu Boden warf. Diesem flogen dabei seine sämtlichen Täfelchen durch die Luft in den Matsch und Dreck auf dem Boden. Seine Jungen sammelten die Täfelchen schnell ein und auch der Wilhelm griff sich sofort einige in dem Durcheinander, während andere Männer dem dicklichen Händler wieder auf die Beine helfen mussten. Der dicke Mann schaute den Wilhelm grimmig an, während seine Jungen ihm die aufgesammelten Täfelchen gaben. Zuletzt übergab der Wilhelm dem Mann die von ihm eingesammelten Täfelchen. Er hatte aber vorher seines in der Hosentasche ausgetauscht gegen eines von den aufgenommenen, denn schlechter als die Fünf kann kein anderes Täfelchen sein. Voller Ingrimm nahm der Mann die Täfelchen die ihm der Wilhelm entgegenstreckte entgegen und stopfte alle, ohne sie weiter anzusehen in seine Hostentaschen.

Ein lautes, jaulendes Geräusch ertönte vom Dach des auf dem Schlachthof gelegenen Gebäudes. Eine Sirene, die anzeigte, dass der Viehaufkauf für heute beendet war. So mancher Händler musste mit seinen Tieren wieder von dannen ziehen. Die Weißkittel gingen hinter das große Gatter und nahmen nun die gekauften Tiere entgegen. Auch Wilhelm reihte sich in die Reihe ein. Er traute sich kaum, den Karli anzuschauen, rückte immer weiter voran, nahm ihm kurz vor dem Gatter sein Zaumzeug ab und mit weichen Knien, einem Klaps an seinen Hals, einem für alle anderen nicht erkennbaren flüchtigen Kuss auf Höhe seines Kieferknochens und einem Lebewohl in sein Ohr flüsternd, trabte der Karli durch das Gatter, während Wilhelm mit den anderen Männern sich in mehreren Reihen an kleinen Buden anstellten, an denen das Geld ausgezahlt wurde. Wilhelm kramte in seiner Hosentasche, fühlte das Holztäfelchen, zog es vorsichtig heraus und mit einer kaum auszuhaltenden inneren Anspannung drehte er seine Handfläche auf und schaute auf das kleine Stückchen Holz.

Eine I stand darauf!

Er konnte sein Glück kaum fassen und sofort drehte er den Blick in Richtung der Vorfläche vor dem Schlachthof, auf dem schon unzählige Ochsen standen, und versuchte seinen Karli in der Masse zu entdecken, aber es war nicht möglich, ihn zu finden, zumal seine Augen sich dabei mit Tränen füllten.

Der Mann hinter ihm tippte ihm auf die Schulter, denn die Schlange der Wartenden war längst weiter vorangekommen und schnell wischte er sich die Tränen mit dem Ärmel weg und schloss auf.

Als er an die Reihe kam, stand er wieder vor einem Schalter, der ähnlich dem der Sparkasse war. Ein Mann saß in der verschlossenen Bude hinter einem Gitter mit einer kleinen Durchreiche. Wilhelm legte sein Täfelchen auf den kleinen Tresen und schob es mit den Fingern etwas vor, sodass der Mann die Ziffer sehen konnte, ließ das Täfelchen aber nicht los. Der zählte daraufhin Geldscheine, viele Geldscheine. Wilhelm staunte, denn Papiergeld hatte er eigentlich noch nie gesehen, geschweige selbst in Händen gehalten. Als der Mann fertig war, sah er Wilhelm an. Ob er noch mehr Täfelchen hätte, fragte dieser, was Wilhelm verneinte. Na, wenn er das Geld haben wolle, müsse er das Täfelchen schon loslassen.

Wilhelm schob es noch etwas weiter vor und ließ es dann los. Der Mann schob es mit der einen Hand zu Seite und ließ es in einen am Tresen befestigten Beutel hineinfallen, mit der anderen Hand schob er den Geldstapel durch die Öffnung.

Schnell griff Wilhelm den dicken Stapel Geldscheine, versuchte sie etwas zu knäueln und in seine Hosentasche zu schieben. Sofort drängte der nächste Mann am Schalter und signalisierte damit dem Wilhelm, Platz zu machen.

Er ging um die Ecke, wo mehrere Männer schnell versuchten ihr Geld am Körper unterzubringen, und so wie sie dies machten, erschien es Wilhelm, müsse es wohl sehr wichtig sein, sein Geld ordentlich am Körper zu sichern. Ein Mann in seiner Nähe rollte sein Geld zu einer dicken Rolle, zog ein vorgefertigtes Stück ledernes Band aus der Hosentasche, schlang eine Schlinge um die Geldrolle, zog sie fest und knotete das andere Ende an seinen Gürtel, ehe er das Päckchen in seiner weiten Hose verschwinden ließ. Dann wiederholte der den Vorgang nochmal mit einem weiteren Packen Geldscheine. Wilhelm würde sein Geld ja nur zu gerne zählen, aber er dachte sich, dass es besser sei, es auch erstmal zu sichern. Er versuchte seine Scheine zu einem Bündel zusammenzuschieben und ebenfalls eine Rolle daraus zu machen, was ihm aber nicht so gut gelang, wie dem anderen Mann. Dieser sah ihn an, griff in seine Hosentasche und reichte dem Wilhelm eines seiner mit einer Schlinge vorbereiten Stückes Lederband. Nirgendwo auf der Welt sei es wichtiger auf sein Geld Acht zu geben, als hier auf Sankt Pauli, da sei es schneller weg, als man gucken könne, es würde regelrecht verdunsten, sagte der Mann mit einem Lächeln zu Wilhelm. Dieser nahm etwas zögerlich das angebotene Stück Band, bedankte sich artig, schlang die Schlinge um die Rolle, zog es fest und knotete das andere Ende an seinen Gürtel. Dann stopfte er die Geldrolle in seine Hosentasche.

Zufrieden mit sich und der Welt, trabte er von dannen, dachte eigentlich nur nebenbei an seine Frau und Familie zu Hause, auch den Karli hatte er schon er fast wieder vergessen, denn nun wollte er zumindest für einen Tag Hamborch erobern und natürlich Sankt Pauli und innerlich freute er sich wie ein Kind, den Bauern im Gasthof in Segeberg von seinen Abenteuern berichten zu können, sie alle zum Staunen und Lachen zu bringen und zu erleben, wie sie an seinen Lippen hingen, und er, der Wilhelm, als der größte Abenteurer der Segeberger Bauernschaft in die Geschichte einging.

12

Der Zug fuhr pünktlich um 9:15 Uhr vom Anhalter Bahnhof ab in Richtung Hamburg. Er hatte zuvor bereits seine Uniform gegen den leichten Jagdanzug gewechselt und nur eine lederne Tasche und sein Jagdgewehr, ebenfalls verborgen in einer Tasche, die er mit einem Riemen über der Schulter trug dabei. Insofern war er nun inkognito unterwegs und niemandem fiel auf, dass er nur eine Fahrkarte dritter Klasse erwarb und nun unter dem gemeinen Volk im ziemlich gefüllten Abteil saß, die Zigarren natürlich im Hause ließ und stattdessen sich seine einfachste Pfeife anzündete, eine seiner ersten, die er sich als junger Mann kaufte.

Die Fahrt ging zügig, aber kommod, es stiegen Leute aus und andere ein, er lauschte ihren Konversationen und manchmal beteiligte er sich auch an einer. Aber doch eher knapp, denn er merkte, dass die Anderen ihn eigentlich nicht verstanden, vielleicht lag es an seinem altmärkisch eingefärbten Zungenschlag oder doch tatsächlich an seiner Wortwahl, die andere Fahrgäste ein wenig schauen ließen, als hätten sie ihn nicht verstanden. Dabei sprachen sie nur über Belanglosigkeiten: das Wetter, die Dauer der Fahrt, der nächste Halt. Er wendete seinen Blick auf die vorbeifliegende Landschaft, zog an der Pfeife und stopfte sie erneut, wenn sie wieder einmal ausging.

Friedrichsruh hieß die Station, kurz vor Hamburg, die sie nach etwas mehr als vier Stunden Fahrt erreichten. Allein der Name der Ortschaft ließ ihn innerlich lächeln, erweckte er doch den Eindruck, hier sei einer der bedeutenden Könige der hohenzollernschen Familie begraben, nein, es handelt sich lediglich um einen vor fast einhundert Jahren verstorbenen Grafen Friedrich Karl August zur Lippe-Biesterfeld, der hierhin umsiedelte, vielleicht um den Zwängen des jahrhundealten Adelsgeschlechtes zu entfliehen oder er entdeckte, dass diese Gegend tatsächlich ein Zauber innewohnte, dem es sich lohnte der heimatlichen Scholle für immer den Rücken zuzuwenden. Er war auf jeden Fall gespannt.

Er sprang auf den Bahnsteig und schaute sich fast verwundert in dem imposanten, für einen vermeintlich so kleinen Ort zu großen, mondänen Bahnhofsgebäude um. Ein Bediensteter des Gastgebers schien ihn unmittelbar unter den wenigen Ausgestiegenen zu erkennen und bat ihn, ihm in Richtung eines leichten Einspänners zu folgen. Er nahm Platz und ließ sich frohen Mutes zum Jagdschlösschen kutschieren, über dessen Anblick er beim Eintreffen allerdings etwas enttäuscht war: Es war schon ziemlich in die Jahre gekommen, kein Vergleich zu dem schönen Bahnhofsgebäude. Wie er später erfuhr, sollte es in Kürze abgerissen und durch den Neubau eines Gasthauses ersetzt werden. Aber sei's drum: Er wollte vor seinem Heimaturlaub in Frankfurt diesem Ort noch einen kurzen Besuch abstatten, hatte doch Kronprinz Wilhelm ihm diesen so wärmstens empfohlen. Dabei ging es ihm weniger um die Jagd, nein daran hatte er eigentlich kein großes Interesse, vielmehr wollte er sich hier mit einigen einflussreichen Personen der Schleswig-Holsteinischen Prominenz zu politischen Gesprächen treffen.

Er ließ sich im ersten Stock einquartieren und konnte schräg gegenüber das Restaurant ‚Frascati' aus seinem Fenster sehen und er erinnerte sich, dass sogar der Kronprinz von diesem Lokal sprach, welches von der Bevölkerung „Fresskathe" genannt wurde.

Im Verlaufe des Nachmittags trafen weitere Gäste ein, die ebenfalls Zimmer im Jagdschlösschen bezogen. Wenn es zu kühl wurde, wechselte er seinen Sitzplatz auf der Veranda mit einem Lehnstuhl im Eingangsportal, welches als Aufenthaltsraum ausgestattet war, denn von dort konnte er alle Personen beobachten. Eintreffende Paare waren ihm egal, er konzentrierte sich auf einzeln reisende Herren. Bei diesen achtete er auf deren Kleidung, ob sie ebenfalls im Jagdrock mit Gewehrtasche unterwegs waren und vor allem, auf einen kleinen, silbrig glänzenden Anstecker am Revers, der nicht prunkvoll wie offizielle militärische Auszeichnungen, etwa einer Tapferkeitsmedaille, sondern bewusst ganz unscheinbar, für Unwissende kaum auffallend und schon gar nicht deutbar war. Er selbst musste sich so einen Stecker von einem alten Kameraden leihen, General Bonin, der diplomatisch wie der alte Mann war, ihn nicht nach dem Grund fragte, wusste er doch, dass nur eine Handvoll Männer sich diesen Stecker damals von einem Goldschmied in Flensburg nach den Düppeler Schanzen anfertigen ließ, um sich damit selbst für den Sieg in dieser grässlichen Schlacht auszuzeichnen. Nein, Bonin war sogar erfreut ihn ihm zu leihen, erkannte er doch, dass sein Werk, die Befreiung Schleswig-Holsteins von jemandem fortgeführt wurde.

Schon etwas enttäuscht sah er in seinem Rauchnebel, dass zwar mehrere Herren eintrafen und mit knappem Gruß an ihm vorbeigingen und offenbar keiner zu dem illustren Kreis zugehörig sei, mit dem er hier verabredet war, als einer der Herren, offenbar in gehobenem Alter etwas mühsamen Schrittes die Treppe aus der ersten Etage herunterschritt, auf ihn zuging und ihm die Hand mit einem ‚Guten Tag‘ ohne seinen Namen zu nennen entgegenstreckte.

Überrascht sprang er aus seinem tiefen Lehnstuhl auf, nahm die Pfeife aus dem Mund, wechselte sie von der Rechten in die Linke, ergriff dessen Hand und sah dem Mann ins Gesicht. Bevor er etwas sagen konnte, meinte dieser:

„Lassen Sie uns ein paar Schritte des Weges gehen", drehte sich, ohne Antwort abzuwarten um und durchschritt das klapprige Eingangsportal über die Veranda auf den Zuweg. Er musste etwas schnelleren Schrittes gehen, um neben seinen Gesprächspartner zu gelangen. Dass das hier etwas konspirativ werden würde, war ihm von vornhinein klar, aber dieser Stil der Ansprache, war so vollkommen gegen die preußische Etikette, dass er leicht vergrätzt war und er sich das nur von einem deutlich älteren Mann gefallen ließ, der ihn für einen kurzen Moment an seinen Vater erinnerte.

„Ich nehme an, Sie sind Graf Bismarck?" fragte der ältere Herr, während er mit den Armen hinter seinem Rücken zügigen Schrittes einem Weg in Waldrichtung folgte. Und auch diesmal konnte er nicht darauf antworten, denn er schob sofort nach:

„Mein Name ist Christian August, Herzog von Schleswig-Holstein-Sonderburg-Augustenburg", sagte er mit stolzer Brust aber deutlich spürbarer Kränkung, „aber das darf ich schon seit Längerem nicht mal mehr sagen, geschweige als solcher auftreten."

„Sehr wohl, Herr Herzog"

„Nennen Sie mich nicht ‚Herzog', keiner darf wissen, dass ich mich überhaupt auf Dänischem Hoheitsgebiet aufhalte."

„Sehr wohl."

„Sie dürfen mich hier als ‚Christian' ansprechen, wir sind zwar keine alten Freunde, aber zumindest

Nachbarn.“

„Nachbarn?“

„Ich residiere seit ein paar Jahren im Niederschlesischen, weil meine lieben Geschwister, die mit den verdammten Dänen verbunden sind, für meine Verbannung gesorgt haben.“

„Na Schlesien und Pommern liegen mindestens eine Tagesreise voneinander entfernt, gleichwohl einigen wir uns vielleicht darauf beide Preußen zu sein. Ich würde Ihnen ebenfalls anbieten wollen, mich hier ‚Otto‘ zu nennen.“

Otto ging sehr wohl davon aus, dass sein Gesprächspartner die Landkarte im Osten kannte und vielmehr sein Ingrimm über den Verlust der Deutschen Vorherrschaft in Schleswig-Holstein Ursache für seine etwas abwertende örtliche Einordnung der Ostgebiete war.

„Nun, Otto, so seien Sie doch so gut und verraten Sie mir, warum sie einem alten Mann nun nochmal noch viel ältere Wunden wieder aufreißen wollen?“

„Ich dachte, Sie seien nicht abgeneigt, Ihrer alten Heimat ohne Wissen des dänischen Königs einen kurzen Besuch abzustatten, sozusagen inkognito.“

Christian lächelte zum ersten Mal, ja, da hatte der Otto doch genau den wunden Punkt getroffen.

„Ich habe meine Heimat niemals aufgegeben.“

„Mit Verlaub, Christian, davon bin ich ausgegangen und genau dies ist der Grund, warum wir beide hier sind.“

„Offen gestanden, sehe ich nicht, was sich an der Lage heute gegenüber 1849 geändert hat. Die Karten sind klar verteilt. Mein Herr Schwager wusste, warum er mich nicht zu seinem Nachfolger als König von Dänemark wollte, weil er davon ausging, dass ich Dänemark verraten und Schleswig-Holstein den Preußen überlassen würde, dabei war ich immer ein treuer Anhänger des Vertrages von Ripen."

Otto nickte, verstand aber nicht recht, was der alte Mann ihm damit sagen wollte. Aber er ließ ihn natürlich ausreden, brummte höchstens mal kurz und ließ den Blick auf die ersten gewaltigen Bäume des herrlichen, jetzt allerdings nahezu laubfreien Waldes streifen, der ihn unwillkürlich tief durchatmen ließ.

„Nein, natürlich hat er irgendwann seinen Sohn durchgesetzt und wie bekannt, alles blieb in der Tradition: Schleswig-Holstein ist und bleibt dänisch."

„Nur wir werden in Kürze einen neuen König haben."

„Ah?"

„Ich war vor Kurzem zur Audienz geladen. Friedrich Wilhelm geht dem Ende zu, sein Bruder wird übernehmen. Das Königshaus ist nach wie vor beseelt von dem Gedanken Schleswig-Holstein preußisch werden zu lassen."

„So etwas würde auch diesmal nicht ohne Krieg gehen. Friedrich hat Dänemark und mindestens seine Provinz Schleswig in festen Händen."

„Wilhelm ist durch und durch Soldat. Er hat keine Angst vor Niemandem, nicht vor Dänemark, nicht vor den anderen Deutschen Königshäusern, den Österreichern oder sogar den Franzosen."

„Aber was will der Thronfolger denn mit

Schleswig-Holstein?"

„Na, vielleicht Kiel als Kriegshafen für eine zukünftige Ostseeflotte."

Christian sah ihn zweifelnd an, sodass sich Otto genötigt sah, noch eine Erklärung nachzuschieben:

„Die Eroberung Schleswig-Holsteins ist nur ein kleiner Schritt hin zu einem großen Ziel."

„Na, soll ich jetzt raten?" fragte Christian etwas schnippisch, aber ohne jegliche Ahnung, was das für ein hehres Ziel sein kann, gleichzeitig aber auch enttäuscht, dass der wahre Grund für das konspirative Treffen ganz offenbar weniger mit seiner alten Heimat, als vielmehr mit anderen politischen Absichten in Verbindung stand.

Otto war über sich selbst vergrätzt, dass er geleitet von seiner Euphorie mit der Argumentation etwas weiter gegangen war, als ursprünglich beabsichtigt. Jetzt musste er aber unbedingt Christian für seine Sache gewinnen, nicht wegen des alten Mannes, nein, sondern wegen seiner guten Kontakte in Schleswig-Holstein, insbesondere in die Deutsche Bewegung, und die damalige Ständeversammlung die er unbedingt für sich gewinnen wollte.

„Preußen soll absehbar die herrschende Macht im deutschsprachigen Raum werden und fernerhin in ganz Nordeuropa."

„Und was fällt dabei für das Haus Oldenburg ab?"

„Sie sind nach wie vor beliebt in Schleswig-Holstein. Die Bevölkerung sieht Ihr Haus immer noch als das rechtmäßige an, welches das Land im Range eines Königs führen sollte."

„Die Bevölkerung weiß aber nicht, dass ich verzichtet hatte, verzichten musste."

„Wie Sie sagten Christian, die Bevölkerung hat darüber keine Kenntnis, auch nicht", und er machte eine Kunstpause, „über das viele Geld, was Sie für Ihren Verzicht erhalten hatten."

Christian machte einen verbitterten Gesichtsausdruck.

„Und die Bevölkerung muss auch fernerhin von all dem nichts wissen, so könnte vielleicht Ihr Sohn als Friedrich der – helfen Sie mir", und er tat unwissend.

„Der Achte", ergänzte Christian.

„Friedrich VIII, richtig. Er könnte also als dieser den Schleswig-Holsteinischen Thron übernehmen.

„Und Wilhelm der - ?", fragte Christian noch schnippischer als zuvor.

„Der Erste denke ich", ergänzte Otto.

„Der wird als Preußischer König meinen Sohn als Schleswig-Holsteinischen König dulden?"

„Zugegeben, wohl nicht in seiner Person als König von Preußen."

„Sondern?"

Otto antwortete nicht sogleich, sondern ließ Christian bewusst noch etwas zappeln. Dann sagte er:

„Wilhelm wird nicht nur König von Preußen, sondern Kaiser eines Deutschen Reiches werden, allerdings", so fügte er nach kurzer Pause hinzu, „wird das wohl noch ein ganz gehöriger Ochsenritt."

13

Wilhelm wusste nicht recht, welchen Weg er einschlagen sollte, sah aber von ferne einen riesigen Kirchturm und machte sich daher auf, in dessen Richtung zu marschieren. Der Weg durch die engen Straßen mit ebenso engen Wohnblöcken voller Menschen, wo die Kinder kreischten, Männer vor der Eingangstür werkelten, Frauen oben aus den Fenstern Wäsche aufhängten und niemand, ganz im Gegensatz zu seiner Holsteiner Heimat ihn beachtete, geschweige grüßte.

Aber egal, er lief umher, wie ein Besucher in einem Theater, nein, er fühlte sich eher wie auf einer Kirmes, schaute hier und staunte dort, ein für ihn vollkommen ungewöhnliches, aber sehr beruhigendes, entspanntes Sein, was er alltags noch nie erlebt hatte, wo jegliches Tun, jeder Schritt, na ja, fast, der einzigen Sache diente, dem Wohle seiner Familie.

Und jetzt, lief er rum, wie Hans guck in die Luft

und fühlte sich einfach wunderbar dabei!

Die Wohnblöcke endeten und auf einer großen Freifläche waren Reepschläger dabei Seile in langen Bahnen zu ziehen und zu noch stärkeren Seilen zu flechten. Viele Männer mussten dabei mit anpacken, denn die Seile waren gewaltig dick. Wilhelm hatte nicht den Hauch einer Vorstellung, wofür man so starke Seile gebrauchen konnte, ahnte aber, dass diese nur für Schiffe gedacht sein können. Was müssen das für riesige Schiffe sein!

Hier war auch der Kirchturm wieder zu erkennen und er folgte in dessen Richtung einer großen Straße, die direkt auf ein Stadttor von Hamburg zulief.

Ein paar uniformierte und streng schauende Wachleute standen davor, ließen aber alle Fußgänger ohne Kontrolle hineingehen, nur die Fuhrwerke wurden von ihnen angehalten und die geladenen Waren geprüft. Der gut gelaunte Wilhelm traute sich sogar einen Wachmann anzusprechen und ihn nach dem Namen der großen Kirche zu fragen. Das sei der Michel, sagte dieser knapp und weil Wilhelm nicht recht verstanden hatte, fügte er noch hinzu, die Michaelis-Kirche, Zeughausmarkt rechts, und zeigte mit dem Arm in die Richtung. Wilhelm bedankte sich und wurde von der Menschenmenge weitergeschoben.

Immer näher kam er der riesigen Kirche und seine Schritte wurden gefühlt langsamer, je näher er kam, so beeindruckte, ja fast ängstigte ihn der riesenhafte Bau und sein noch viel größerer Turm, an dem er kaum hinaufschauen konnte, ohne ins Taumeln zu geraten. Das Hauptportal stand offen und die Glocken schlugen die Uhrzeit, zwölf Mal, wie er mitzählte, nur die Uhr am Glockenturm konnte er von unten nicht erkennen, was auch nicht wichtig war, denn lesen konnte er eine Uhr, bis auf die vollen Stunden, ohnehin nicht.

Mehrere Leute gingen in die Kirche hinein und er folgte ihnen neugierig, dem immer deutlicher zu hörenden Orgelspiel nach. Selten war er von etwas so beeindruckt, wie vom Inneren dieser Kirche, gepaart mit der lauten, kräftigen Musik, die ihn sich die Mütze vom Kopf ziehen und demütig an riesenhaften Gemälden von Männern in seltsamer altertümlicher Kleidung entlanglaufen und schließlich in einer fast leeren Sitzreihe Platz nehmen ließ. Es war keine Gottesdienstzeit, nur einzelne Menschen saßen andächtig und schienen still zu beten oder, so wie er, einfach nur zu staunen.

Nach kurzer Zeit verstummte die Musik und wurde durch eine andächtige Stille abgelöst, nur leise, im gewaltigen Kirchenschiff nachhallende Schritte waren zu hören und so besinnte sich jetzt auch der Wilhelm, dachte an zu Hause, seine Frau, er biss sich auf die Lippen, seine arme Frau, seine Kinder, seinen Hof. Was sie wohl jetzt machten? Er dachte an den strengen Blick seines Pastors daheim. Was würde der sagen, wenn der wüsste, dass er seine schwangere Frau zu Hause allein gelassen hat? Er faltete die Hände und betete leise.

Als der Organist, der oben auf der Empore offenbar für den nächsten Gottesdienst übte, denn nur er verursachte Geräusche durch das Umschlagen von Notenblättern, dem ziehen und zurückschieben von Registern an der Orgel, als dieser nun wieder mit seinem Spiel einsetzte, erwachte Wilhelm aus seiner Andacht, nutzte das Ende der Stille, stand auf und ging wieder hinaus.

Auf dem Portal vor der Kirche zog er die kalte aber frische Luft ein und fühlte sich befreit. Jetzt hatte er Buße getan und konnte nun endlich die Stadt erobern, ein einziges Mal wollte er ausbrechen, seine Verpflichtungen hinter sich lassen, nur für einen Tag.

Auf der Straße ließ er sich von einem Passanten erneut den Weg in Richtung des Hafens zeigen. Er solle man auf die Elbhöhe gehen in den alten Wallanlagen, die Hamburger würden die Stelle Stintfang nennen, dort hätte man einen guten Ausblick auf den Hafen.

Obwohl die Stadt flach ist und genau wie Holstein eigentlich keine Erhöhungen hat, musste er doch eine stete Steigung des Weges hinauf auf den Stintfang nehmen. Und dort sah er ihn dann, den großen Fluss, die Elbe. Nein, er sah eigentlich keinen Fluss, sondern das Meer! Ein gewaltiges Meer aus Masten und Segeln von kaum zählbaren großen Schiffen. Dazwischen qualmten diese neuartigen Schiffe, diese Dampfschiffe ihren schwarzen Rauch aus riesigen Schornsteinen in den Himmel. Und überall waren Menschen zu sehen: In den Masten der Segler, an Bord der Schiffe, die in kleinen Booten von und nach den in mehreren Reihen aneinander gebundenen Seglern und Dampfern fuhren, irgendwelche Güter fahrende, schiebende, hebende Männer. Wilhelm kam fast der Gedanke, dass er zu Hause ein leichteres Leben hätte, als die Männer hier in diesem Hafen, bei dem man schon nach wenigen Minuten des Blickes den Eindruck hat, er stünde niemals still.

Dem Bann des Anblicks wurde Wilhelm nur entrissen, weil sich sein Magen meldete, der schon seit längerem nichts mehr zu essen bekommen hatte. Da machte er sich durch die Wallanlagen auf den Weg zurück.

Erstmals wurde er hier auf den Spazierwegen, abseits des Gewusels der Straßen und der engen Wohnblöcke der einfachen Menschen gewahr, dass hier ganz andere Menschen, offenbar ohne irgendwelche tiefere Absicht promenierten: Die von dem Viehhändler Alfons so verspotteten ehrbaren Hamburger Kaufleute. Frauen, nein Damen, in weiten, kostbar aussehenden Kleidern, mit Hüten auf dem Kopf, die an einen Pfau erinnerten und einen Schirm in der Hand hielten, obwohl es nicht regnete und dieser Schirm auch für Regen nicht wirklich geeignet wäre. Am anderen Arm eingehakt der Mann, in einem Gehrock, einem halblangen Mantel, der mehr schön aussah als wirklich gegen Regen und Kälte geeignet zu sein, um den Hals eine weiße Halskrause, verknotet mit einem schön gebundenen Knoten, wie er dem Wilhelm sicher niemals eingefallen wäre, da er bisher bestenfalls seine Tiere anknotete. Aber was ihn besonders beeindruckte, war ihre Sauberkeit. Die Männer und Frauen waren sauber, als seien sie soeben dem Badetopf entstiegen, die Gesichter und Hände so weiß, als hätten sie nie irgendetwas Schmutziges anfassen müssen. Wenn Wilhelm an so einem Paar vorbei war, atmete er eine Duftwolke ein, wie er einer noch nie gewahr wurde, hatte er doch durch sein Leben mit den Kühen und Pferden stets deren Geruch angenommen und immer in der Nase. Nein, diese Leute dufteten lieblich, süßlich und auch würzig, sehr angenehm aber für Wilhelm war das kein Geruch von dieser Welt.

Noch etwas beeindruckte ihn und ließ seinen Blick von diesen Menschen abwenden, weil er merkte, dass er grinsen und vielleicht gleich lauthals loslachen müsste: Die Hüte der Männer. Wilhelm hatte egal ob sommers oder winters immer seine Mütze auf. Diese Männer trugen Hüte, schwarze Zylinder auf dem Kopf und offenbar versuchten sie sich gegenseitig zu beeindruckten indem einer einen höheren Zylinder auf dem Kopf trug, als der andere.

Wilhelm hatte seinen Spaß an dem Anblick und durchschritt jetzt das Millerntor auf dem Weg zurück nach Sankt Pauli.

Kurz hinter dem Stadttor war der Anfang einer großen Straße, deren Namen er bereits kannte, ohne jemals zuvor dort gewesen zu sein, denn diese kam in den verrückten Geschichten, die irgendwelche Leute in Segeberg im Gasthof zum Besten gaben stets vor: Die Reeperbahn.

Unmittelbar wechselte der Menschenschlag von armen Arbeitern und hanseatischen Kaufleuten zu, ja zu was eigentlich? Da waren Fuhrunternehmer, die Bierfässer von den Wagen herab und in verschiedene

Lokale hineinrollten und Seeleute, immer mehr Seeleute, die offenbar vom Hafen heraufkamen, viele in Gruppen, in Matrosenanzügen aber auch in schicken Uniformen, oft in dunklen Hautfarben, mit dicken breiten Nasen oder schmalen Augen, wie Wilhelm noch nie Menschen gesehen hatte, und die laut schnackten und lachten, in Sprachen, die er nicht verstand und die offenbar von weit in der Welt herstammten. Nur Männer waren auf den Straßen, bis auf wenige Frauen, seltsame Frauen, die etwas zurück in Hauseingängen standen, als warteten sie auf irgendjemanden. Die waren seltsam gekleidet, viel zu leicht bekleidet für die kühle Jahreszeit, in Kleidern, die viel kürzer waren, als Frauen sie sonst trugen, bei denen man das weiße Fleisch ihrer Beine erahnen oder sogar sehen konnte. Und die Kleider waren gar nicht so hochgeschlossen, wie Frauen sie sonst trugen, sondern im Gegenteil, oberhalb ihrer Brust waren die Kleider offen, so weit offen, dass man deutlich den Spalt zwischen den beiden Brüsten dieser Frauen sehen konnte. Wilhelm war regelrecht geschockt von dem Anblick und stellte sich natürlich sofort seine eigene Frau vor. Unmöglich für ihn zu akzeptieren, Catherine würde sich so kleiden wie diese Frauen. Aber das würde ihr selbst bestimmt niemals einfallen.

Die Dunkelheit, die jetzt langsam einsetzte und die gemeinhin dazu führte, dass die Menschen nach Hause gingen und Ruhe in den Städten und Dörfern einsetzte, schien hier geradewegs andersherum zu wirken. Je dunkler es wurde, desto mehr Menschen versammelten sich, Lichter gingen an in den Lokalen, Musik war zu hören und auf dem Spielbudenplatz waren Gaukler zu sehen, die kleine Kunststücke aufführten, Menschen die sangen, andere, die in kleinen Gruppen offenbar Theater spielten, Schuhputzjungen, die sich aufzwangen, einem die Schuhe zu putzen oder versuchten Zeitungen zu verkauften und dabei die neuesten Nachrichten aus der Welt herausposaunten.

Vor einem Lokal bildete sich eine Schlange aus Männern, die offenbar Hafenarbeiter waren, sie reichte bis nach draußen, für Wilhelm das Zeichen, hier gibt es was Gutes, und gleichzeitig günstiges zu Essen. Es dauerte eine geraume Zeit, bis er an die Reihe kam. Eine Kellnerin klatschte Kartoffelstampf aber in einer leicht rötlichen Farbe auf einen Teller nach dem anderen. Wie viele Eier er denn wolle und Salzhering, rote Beete und auch Gurke? Auf seine Nachfrage, sagte sie, es sei das beste Labskaus, das er kriegen könne, sonst solle er woanders hingehen. Sie hatte ihn nicht verstanden, dass er das Essen nicht bemängeln, sondern nur wissen wollte, was es sei. Er fragte nicht weiter, sondern machte Zeichen, dass er alle Zutaten haben wolle. Sie warf ihm regelrecht den Teller auf den Tresen, er nahm ihn auf und die Menge schob ihn weiter. Weil er an der nächsten Stelle wohl auch nicht verständlich genug sagte, was er trinken wollte, gab ihm der Kellner ein Herrengedeck, wie er es nannte: Bier und Korn. Er bezahlte eine Mark, fünfzig und suchte sich einen Platz.

Die Männer an den Tischen mussten sich schon

gehörig zusammenschieben und saßen eng an eng. Wilhelm fragte seinen Nachbarn nach den Zutaten des Essens und erfuhr, es sei Kartoffelstampf mit gemahlenem Ochsenfleisch, eine Hamburger Spezialität, er sei wohl nicht von hier, oder? Nein, sagte Wilhelm nur knapp, er käme von Holstein, denn mit einem Male schmeckte ihm das Essen nicht mehr, denn er hatte das Gefühl, den durch den Wolf gedrehten Karli vor sich auf dem Teller zu haben. Aber der Hunger war enorm und so löffelte er das Essen in kleinen Portionen in sich hinein. Zwischendurch war immer mal wieder eine Kellnerin am Tisch und brachte Nachschub an „Herrengedecken" und der Wilhelm griff munter zu. Trotz des Essens tat das Bier und vor allem der Korn seine Wirkung. Als Wilhelm irgendwann unbedingt einen Abort aufsuchen musste, stellte er fest, dass seine Beine ihm wecksackten und er zurück auf die Bank rutschte. So etwas hatte er noch nicht erlebt. Seine Beine und sein klarer Kopf hatten ihm noch nie ihren Dienst versagt. Aber zugegeben, soviel Bier und vor allem Schnaps hatte er auch noch nie getrunken. Aber auch die Luft in dem Lokal war schlecht, zumal sich immer mehr Männer nach dem Essen ihre Pfeife anzündeten. Wilhelm schienen so langsam alle Körperfunktionen zu versagen: Die Augen sahen nur Schemen, die Ohren nahmen nur ein einziges lautes Geräusch wahr, die Nase vermittelte ihm Übelkeit und die Blase, gut, die war noch in Ordnung, aber sie verlangte dringende Entleerung.

Er riss sich zusammen, stemmte sich mit beiden

Armen vom Tisch auf und wankte durch das völlig überfüllte Lokal auf der Suche nach dem Abort. Neben dem großen Tresen nahm er ein Schild gewahr, durchschritt eine daneben befindliche Tür und dann noch eine weitere und dann stand er in einem länglichen gefliesten Raum, in dem es erbärmlich nach Urin stank. Viele Männer standen an einer keramischen Rinne und erleichterten sich, während der gelbe Strom die leicht schräge Rinne entlang irgendwo dahinströmte. Hemmungen, sich hier zu den anderen Männern zu stellen, sein Gemächt aus der Hose zu zerren und endlich dem Überdruck freien Lauf zu lassen hatte er, wohl wegen der erheblichen Alkoholisierung nicht. Für die anderen Männer schien dies ebenfalls das normalste von der Welt, sich hier zu erleichtern, die Hose wieder zu verschließen und zurück ins Lokal zu gehen, um weiterzutrinken.

Als Wilhelm wieder im Lokal stand hatte er das dringende Bedürfnis nach frischer Atemluft. Alle Besucher fühlten sich offenbar pudelwohl in dieser stickigen, lauten Kaschemme, tranken, rauchten und palaverten, einer mehr als der andere. Wilhelm drängte sich zum Ausgang und als er endlich die Tür aufstieß und die frische kalte Luft einatmete, kam er für einen Moment wieder halbwegs zu Verstand, nur um sofort wieder von Horden von alkoholisierten, fröhlichen, bisweilen albernen Männern in einem regelrechten Sog mitgerissen zu werden und kurz danach erneut in ein anderes Lokal eintrat, aus dem laute Musik erschallte. Er konnte erkennen, dass weit hinten im überfüllten Raum ein kleines Orchester spielte und mehre Frauen zu der Musik auf einer Bühne tanzten. Er schob sich vor, bestellte ein weiteres Bier und Korn und sah im Nebel, dass die tanzenden Frauen seltsame Kostüme anhatten, die ihre drallen Kurven so zum Vorschein brachten, wie er es noch nie sah. Fasziniert setzte er sich an einen Tisch auf einer Bank dazu, besah sich die Vorführung und Musik und stellte fest, dass hier an den Tischen nicht nur Männer saßen. Nein, mehrere leicht bekleidete Frauen drängten sich in die Sitzreihen zwischen die Männer, legten ihre Arme um deren Hals, setzten sich manchmal auf den Schoß der Männer und bestellten sich bei den Kellnerinnen ein Getränk auf Kosten des Mannes, den sie erobert hatten. Es dauerte nicht lange, da legte eine Frau auch dem Wilhelm ihre Arme um den Hals und machte ihm schöne Augen, wie ein frischverliebter Backfisch. Wilhelm wusste nicht wie ihm geschah, aber der Alkohol ließ es einfach geschehen, dass auch er sich von ihr angezogen fühlte, seine Arme um ihre Hüften schlang und wie von Geisterhand eine Kellnerin ein spitzes Glas mit einem perlenden, leicht gelblichen Getränk vor ihm abstellte, welches er, ohne mit der Wimper zu zucken mit zwei Mark bezahlen musste, aber seine neue Angebetete mit einem glücklichen Gesichtsausdruck quittierte und einen ordentlichen Schluck aus dem Glas tat. Wilhelm merkte, wie diese Frau ihm gefiel, mit ihren roten Lippen, wallendem Haar und vor allem ihrem großen Ausschnitt, den sie ihm regelrecht vor das Gesicht hielt. Als nach einiger

Zeit die Tanzaufführung zu Ende war und die Musik kurz unterbrach, fragte sie ihn, ob er nicht mit ihr mitkommen wolle. Es würde fünf Mark kosten und wenn sie es ihm schönmachen solle, acht.

Als er mit ihr aufstand und ihr wankend hinterherfolgte ahnte er nicht, dass er, Heinrich Wilhelm, der achtunddreißig Jahre seines Lebens im Segeberger Land als Bauer, treuer Ehemann und Vater von neun oder sogar jetzt zehn Kindern, sein komplettes bisheriges Leben auf den Kopf stellen, er vielleicht seiner Frau nie wieder in die Augen würde schauen können, dass er sich schämen, und dieses Gefühl sein ganzes restliches Leben mit sich herumtragen würde.

14

Er solle es waschen sagte sie und zeigte auf die kleine keramische Waschschüssel, die auf einer Kommode jenseits des Bettes in Fensternähe stand. Er wankte hinüber und konnte vor der Schüssel stehend einen Blick durch das Fenster in den engen Innenhof werfen, aus dem frivole Frauen- und brummende Männerlaute zu hören waren. Zu sehen war niemand, auch das Zimmer war halbdunkel, nur durch eine spärliche Talglampe beleuchtet. Er tauchte die Hände ein, wusch sie, führte sie ins Gesicht, rieb es leicht ab aber die leichte Frische auf seiner Haut erhöhte nicht die Frische seines Verstandes, im Gegenteil, er hatte wohl falsch verstanden, denn erneut sprach sie von „es waschen" und zeigte, um nochmal deutlich zu machen, was sie meinte, auf seine Hose. Zu ihr schauend, sah er, dass sie ihr Kleid ausgezogen hatte und nur im Mieder bekleidet neben dem Bett stand, dabei waren ihre Brüste und ihr Geschlechtsteil entblößt. Jetzt hatte er verstanden, öffnete seine Hose, ließ sie zu Boden fallen, nahm sein Gemächt in die eine Hand und wusch es im Wasser mit der anderen. Trotz des Alkohols wuchs es in seiner Hand und als er sich umdrehte, verriet ihr Blick, dass sie halbwegs zufrieden war. Er trocknete sich mit einem nebenliegenden Handtuch ab und wankte in Richtung des Bettes, auf welchem sie kniend bereits wartete, ihn mit einer Hand leicht von sich wegstieß, was ihr angesichts seines stark alkoholisierten Zustandes keine Mühe machte, sodass er rückseitig auf die Matratze fiel. Mit einer Hand rieb sie etwas sein Gemächt und hob ihren Körper anschließend über seinen, wobei das Gemächt in ihrem Geschlechtsteil versank. Mit leichten Bewegungen ihres Beckens begann sie ihn aus dem dicken Nebel des Alkoholrausches hinüberzuführen in den Rausch der körperlichen Lust, dabei beugte sie sich vor, sodass er ihre Brüste in die Hände nehmen konnte. Gesteuert von seiner zunehmenden Atemfrequenz steigerte sie die Intensität und Druck ihrer Hüftbewegungen kontrolliert wie der Dompteur im Trichter-Circus mit seiner Peitsche die Löwen bändigt, wobei von ihm, im Gegensatz zu den Raubtieren keine Gefahr ausging, er nach Ausstoßen eines einzigen keuchenden Grunzlautes den Höhepunkt überschritten hatte und auf dem Bett lag, als sei er tot. Sie stieg von ihm herab, die Vorführung war für sie beendet wie beim Dompteur, der die Löwen wieder im Käfig versperrte und sich dankend dem klatschenden Publikum zuwendet, wobei sie allerdings zur Waschschüssel trat und sich mit einem feuchten Lappen den Unterkörper abwusch, in ihr Kleid wieder hineinstieg, sorgsam ihre Brüste im Dekolletee verbarg, damit viel, aber nicht zu viel von ihnen zu sehen war, ihre Haare etwas in Form brachte und das Rot ihrer Lippen im Spiegel kontrollierte. Dabei sah sie auch, dass Wilhelm regungslos weiter auf dem Bett lag, was sie etwas verdrießte und veranlasste, ihn an einem Bein etwas zu tätscheln. Zum Schlafen solle er sich eine Pension suchen, ihr Bett würde heute Nacht noch anderweitig benötigt und im Übrigen wolle sie jetzt ihr Geld haben.

Wilhelm öffnete leicht die Augen, sah sie an und ihr zweimaliges Klatschen in die Hände verbunden mit einem „zack-zack mien Jung", führte dazu, dass er sich aufrichtete, nach seiner Hose kramte, hineinschlüpfte und er einen einzelnen Fünfmarkschein aus der Hosentasche zog und ihn ihr in ihre vorgestreckte Hand reichte. Sie verzog das Gesicht, aber angesichts der schnellen Nummer war sie trotzdem zufrieden, Hauptsache, sie kriegt den besoffenen Kerl jetzt zackig aus ihrer Bude raus.

Wilhelm war zwar nach wie vor in einem Trance-Zustand aber doch so klar, dass er verstanden hatte und langsam realisierte, auf was er sich hier eingelassen hatte. Sie verließen das Zimmer gemeinsam und mit einem knappen Tschüss und einem leichten Klapps verabschiedete sie sich von ihm und bog ab zurück in das laute, verrauchte Lokal, während er ihr nicht durch die offenstehende Tür folgte, sondern zurück auf die Straße ging. Sein

Zustand der Alkoholisierung nahm durch die kalte, frische Luft rapide ab und klarte seinen Verstand auf, der ihm bewusst machte, dass er gerade etwas getan hatte, was seine Frau oder auch der Pastor ganz sicher als Ehebruch bezeichnen würden und er begann sich zu schämen, merkte, wie ihm Tränen über die Wangen liefen und er eine unbändige Sehnsucht nach zu Hause, zu seiner lieben Frau, zu seinen Kindern zu seinem Hof, zu seiner Scholle hatte.

Aber schon riss ihn die Menge auf der Reeperbahn, die grölenden, angetrunkenen Seeleute mit und aus seiner Lethargie heraus, hin zu einem Wunsch, seine Trauer wieder etwas ertränken zu wollen und in eine neue Kaschemme hinein, die ihn erneut mit dichtem Gedränge, lauter Musik, noch lauterem Palaver der Gäste und einer Luft, die eher an einen dichten Nebel erinnerte.

Die Gruppe der ausländischen Seeleute vereinnahmte ihn, als sei er einer von ihnen, bezog ihn ein in ihre Schnaps- und Bierrunden und sie schienen es überhaupt nicht zu merken, dass er gar keiner von ihnen war, tatsächlich heute zum ersten Mal Wasser und ein Schiff gesehen hatte, aber noch niemals auf einem gefahren war.

Und der Wilhelm ging aus sich heraus, wie noch nie im Leben, erzählte unsinnige Geschichten in seinem Holsteiner Platt, die tatsächlich niemand verstand aber zu mancherlei Lachern führte, angesichts der Ähnlichkeiten mancher Worte mit dem Englisch, welches sie sprachen und ihn schlussendlich in einen scheintod-ähnlichen Zustand versetzte, der, als er später daraus erwachte, ihm nicht mehr erinnerlich war.

Aber bis zum Erwachen, dem bösen, war es noch etwas hin.

15

Der Regen war stärker geworden und Hans lief die ganze Zeit vor der Stallung des Herrenhauses in seinem langen, wachsleinenen Mantel, den ihm sein Herr vor Jahren mal geschenkt hatte herum, um die beiden Pferde vor dem Zweispänner, dem einzigen leichten, aber noch coupéartigen Wagen, der über eine Überdachung verfügte, anzuschirren, denn sein Herr würde natürlich bei diesem grauseligen Novemberwetter nicht im offenen Wagen fahren wollen.

Nun saß er auf dem Bock und wartete, während das kalte Wasser an ihm herablief. Wie er hörte, dass das Portal aufging und ein Mann schnellen Schrittes auf den Wagen zuging und die Coupétür öffnete, drehte er seinen Kopf zur Seite, sodass er schemenhaft seinen Herrn erkannte, der ihm zurief:

„Nach Schleswig, Hans, Du kannst am Domplatz stehen und gegenüber im Gasthof warten."

„Jawohl, Herr Herzog", brummte er knapp, wieder nach vorn gerichtet, was der Herzog angesichts des prasselnden Regens und seinem schnellen Einstieg in den trockenen Wagen sicher nicht mehr gehört hatte.

Ungewöhnlicherweise hatte sein Herr ihm nicht bereits zuvor mitgeteilt, wohin die Fahrt gehen sollte und schon gar nicht, was deren Anlass sein sollte. Normalerweise hatte er stets gute Kenntnis der Aktivitäten des Herzogs, kannte viele seiner Besucher und wusste die Fahrtwege zu den meisten seiner beruflichen oder auch privaten Bekanntschaften und deren Häuslichkeiten. Der Herzog war schon tagelang sehr beschäftigt, hatte, was auch ungewöhnlich war, mehrere intensive Gespräche mit seiner Frau, mit der er sonst nur sehr knappe Konversation führte. Diese wirkt gemeinhin stets uninteressiert, was ihr Mann so treibt, nun aber sehr besorgt, ihre durch die Türen des Herrenhauses schallende Stimme, die sonst nie zu hören, geschweige zu verstehen ist, laut, eindringlich, fast verzweifelt. Er hingegen, wirkte deutlich leiser als gemeinhin, offenkundig bemüht, sie zu beruhigen, ihr ihre Sorgen, welche auch immer es seien, zu nehmen.

Es wurde jetzt um vier bereits dunkel, aber Hans hatte vor Abfahrt die beiden Laternen des Wagens angezündet, die allerdings nur sehr spärliches Licht boten und er musste zusehen, die tiefsten Löcher und Wasserpfützen in der Chaussee zu umfahren.

Als er über Hesterberg in die Stadt einfuhr, wurde es etwas belebter und der Laternenmann war dabei die Straßenlampen der Hauptstraße in die Altstadt anzufachen, da erreichten sie auch schon das Ziel.

Durch die jahrelange Erfahrung als Diener und Kutscher, war Hans klar, dass sein Herr das abgesehen vom Ort unbestimmte Ziel, die dunkle Tageszeit und vielleicht auch den Regen, der die wenigen Menschen wie Ratten verdeckt in ihren Mänteln durch die Gassen huschen ließ, bewusst gewählt hatte, um seinerseits möglichst von anderen unbeobachtet einem bestimmten Geschäfte nachgehen zu können. Ihr gutes, vertrauensvolles Verhältnis zueinander basierte daher auch darauf, dass Hans nicht die Spur von Neugier besaß, im Gegenteil, es war ihm regelrecht egal, nein, er wollte es auch gar nicht wissen, um späterhin nachdrücklichen Fragen der Herzogin nicht ausgesetzt sein zu müssen. Während diese schon mal andere Bedienstete des Haushalts über dieses und jenes ausfragte, hatte sie sich dies bei ihm schon lange abgewöhnt, weil er nicht nur schweigsam, sondern auch tatsächlich unwissend war. So freute er sich auf einen heißen Köm im Gasthof und ein paar Stunden Ruhe und vielleicht einen Klönschnack mit anderen Gästen oder sogar einem zufällig anwesenden Bekannten.

Er hielt das Fuhrwerk also bewusst in einer dunklen Seitengasse an, woraufhin der Herzog, der die Straße kannte, ausstieg, Hans ein paar Silberlinge in die Hand drückte, damit er sich im Gasthof was gönnen kann, aber mit der ausdrücklichen Aufforderung, es nicht zu übertreiben!

Auf Nachfrage von Hans sollte dieser die Pferde

nicht ausschirren, sondern für eine unverzügliche Weiterfahrt bereithalten. Er, der Herzog, würde, wenn er fertig sei, am Gasthof von außen ans Fenster klopfen, darauf solle er Acht geben.

Dann machte sich der Herzog davon und verschwand schnellen Schrittes mit hochgeschlagenem Kragen in der Dunkelheit.

Nur zwei Straßen weiter betrat er ein Lokal, dessen Gastraum gut gefüllt war und ohne die Hand vom Mantelkragen zu nehmen ging er vor bis zum Tresen. Der Wirt schien ihn zu kennen und machte ihm ein kaum erkennbares Winkzeichen mit dem Kopf, welches ihm deutete, ohne anzuhalten am Tresen entlang durch einen schmalen Gang in ein Hinterzimmer durchzugehen. Hier saßen bereits mehrere Herren um einen runden Tisch, mit Bierglas oder Köm vor der Nase, jeweils im Rauch ihrer Pfeife oder Zigarre. Als er eintraf erhoben sich alle Herren und gaben ihm mit ein paar Worten die Hand. Offenbar hatte man sich schon länger nicht mehr persönlich getroffen.

Er hängte den Mantel an einen Ständer, ging sich mit den Händen über die feuchten Haare und Bart, bestellte beim hinzugekommenen Wirt einen Tee und setzte sich zu den Herren.

Nachdem der Wirt den Tee brachte und die Tür zum Zimmer wieder von außen verschloss, wurde es ganz schnell still und alle Herren sahen gespannt auf den Herzog, der offenbar zu diesem Treffen einlud, was dieser ihnen zu erzählen hatte.

Der machte es etwas spannend, indem er an seiner

Pfeife, die durch den Regen feucht geworden war, ziemlich ziehen musste, um den Tabak anzufachen.

„Meine Herren, ich bin mir gewahr, dass Sie ein großes Risiko auf sich genommen haben, hierher zu kommen und ich möchte Ihnen danken!"

Er machte eine Pause.

„Der Anlass ist aber ein sehr wichtiger."

Erneute Pause. Er räusperte sich.

„Die Jahre des unsäglichen Wartens sind vorüber, am Horizont erscheint eine Lichtgestalt, die uns helfen wird, Schleswig-Holstein zu befreien."

Keiner der Männer erwiderte etwas darauf, ahnten sie sehr wohl zuvor bereits, dass es nur um ihrer aller Lebensthema gehen würde.

„Mein Herr Vater hatte ein, sagen wir mal, konspiratives Treffen mit einem Vertreter des preußischen Königs."

„Etwa Friedrich Wilhelm, dem elenden Verräter?" warf Graf Reventlou-Preetz brummend ein.

„Mit dem Ableben von Friedrich Wilhelm wird in Kürze gerechnet, dann soll sein Bruder Wilhelm übernehmen, besser, der hat bereits übernommen."

„Und dieser Wilhelm, Prinz Friedrich, der ist Ihre besagte Lichtgestalt?", meinte Jürgen Bremer, an seinem Köm nippend.

Die Anrede ‚Herzog' mochte Friedrich nicht, er verzog stets das Gesicht, wenn ihn jemand so ansprach, denn er fühlte sich, als das zu was er sich eigentlich geboren fühlte, als Kronprinz.

Friedrich zu Sonderburg-Augustenburg war der Thronfolger des Hauses Oldenburg und er und seine

Vorfahren sahen sich stets betrogen um den Herrschertitel eines Königs von Dänemark, zusammen mit den Herzogtümern Schleswig und Holstein. Sein Vater hatte den Thronverzicht erklären müssen und damit war sein Schicksal vorbestimmt. Er durfte sich offiziell nie und nirgends als Prinz anreden lassen, nur in einer Runde wie dieser tat ihm ab und zu jemand den Gefallen.

„Mein lieber Bremer, ist Ihnen der Name Otto von Bismarck geläufig?

„Bedaure nein."

„Dieser Mann verfügt offenbar über beste Kontakte in Preußen und darüber hinaus und nicht nur das, hinter dieser Person versteckt sich die wahre Führungsgestalt des ganzen Königreiches."

„Prinz Friedrich, haben Sie mich wirklich die ganze Strecke von Braunschweig hierher nach Schleswig fahren lassen, um uns von Bismarck zu berichten? Ich habe diesen Herrn ein paar Mal erleben dürfen, das war so um 1851 in Frankfurt. Er war da der Vertreter Preußens beim Bundestag", sagte Wilhelm Beseler bedächtig, wie es nur Advokaten können, machte eine Pause, in der alle anderen an seinen Lippen hingen, „ein guter Redner, aber ein grässlicher Agitator, hat ewig im Streit gelegen mit den Österreichern. Dieser Mann, vielmehr das von ihm vertretene Preußen musste ständig im Vordergrund stehen."

Niemand erwiderte etwas und Friedrich sah seine Felle schon davonschwimmen, daher nahm er den Gesprächsfaden schnell wieder auf.

„Mein Vater ist sich sicher, dass Preußen uns von den Dänen befreien wird und mit uns meine ich ganz Schleswig und Holstein gemeinsam."

„Um unser Land zu einer preußischen Provinz zu machen?"

„Unser Land wird zu neuem Leben erwachen, die Preußen wollen viel Geld investieren, sie wollen einen Kanal bauen, der von der Elbe bis nach Kiel führen soll, der soll so gewaltig werden, dass riesige Schiffe ihn durchqueren können!"

„Ich traue den Preußen nicht", meinte Graf Reventlou, „wer versichert uns, dass sie uns nicht wieder auf halbem Wege im Stich lassen werden?"

„Niemand, Herr Graf, niemand würde das garantieren, aber ich habe lange darüber nachgedacht und bin mir sicher, dass wir diese Gelegenheit ergreifen sollten, denn es wird absehbar die letzte sein, die sich uns bieten wird."

„Es war nie unsere Intension, einen König durch einen anderen abzulösen und schon gar keinen Preußen als Herrscher von Schleswig-Holstein", meinte Martin Thorsen Schmidt, „es war immer das Ziel des Volkes, alle absolutistischen Herrscher loszuwerden."

„Schmidt", sagte Friedrich mit leicht verdrossenem Unterton, „seien Sie versichert, dass ich das Land auf der Grundlage einer freien Verfassung in Konstitution zu führen gedenke."

„Sie?"

Erstaunte Blicke aller Herren richten sich auf Friedrich.

„Ja, wer denn etwa sonst, meine Herren ?!"

Keiner der Anwesenden wagte zu widersprechen oder weiter nachzufragen. Stattdessen betretendes Schweigen, welches Friedrich wieder etwas entspannter werden ließ, hatte er den Eindruck, dass es dagegen tatsächlich keinerlei Widerspruch gab.

„Bismarck hat uns beauftragt, unseren Teil zu einem Erfolg der Sache beizutragen und der wäre, die Bevölkerung, insbesondere im Herzogtum Schleswig für eine Hinwendung zum Deutschen Bund und fernerhin zu einem Deutschen Gesamtstaat zu gewinnen."

„Was haben die Preußen vor?"

„Es soll die kurzzeitige Unsicherheit eines Wechsels der Regentschaft des jetzigen dänischen Königs zu einem Nachfolger für einen Einmarsch genutzt werden."

„Und wann findet dieser ‚Wechsel', wie Sie ihn nennen statt?", fragte Schmidt unsicher.

„Schon sehr bald."

Alle Männer starrten Friedrich ziemlich fassungslos mit offenen Mündern an.

„Soll das bedeuten, dass die Preußen ihn durch ein Attentat beseitigen wollen?", fragte von Reventlou.

„Nein, lieber Herr Graf", erwiderte Friedrich mit einem entspannten Lächeln, „das kann sich Preußen nicht leisten, dann ließen die Engländer und Franzosen sofort mobilmachen."

Er machte eine Pause.

„Sie hatten einen Spion vor Ort."

„Im Königshaus?"

„In einer Apotheke."

„einer was?", entfuhr es Beseler.

„Dieser Spion war Mitarbeiter einer Apotheke in Kopenhagen, in der der Leibarzt des Königs stets die Arznei für ihn anmischen lässt. Darüber führte er Buch und diese Aufzeichnungen gelangten nach Berlin. Dort wurden sie von einem Mediziner gesichtet, der daraufhin zu dem Schluss kam, dass der König nur noch eine sehr kurze Lebenserwartung hat."

„Interessant", entfuhr es Beseler, „diese Preußen sind doch immer mal wieder für eine Überraschung gut."

„Meine Herren, so lassen Sie unseren Teil zu einem Gelingen der Mission beitragen. Sie wissen, was Sie zu tun haben."

Damit stand er auf, woraufhin die anderen Herren ebenfalls aufstanden und die Runde damit für beendet erklärt wurde, allerdings nicht ohne jeweils ihren rechten Arm in die Tischmitte vorzustrecken, sodass sich die Hände der Männer aufeinanderlegten und sie gemeinsam ausriefen:

„up ewig ungedeelt"

16

Ein monotones Brummgeräusch dröhnte in seinem Kopf, wie er es noch nie erlebt hatte. Mühsam versuchte sein Gehirn dieses Geräusch in seinem Schädel einzuordnen. Er traute sich nicht die Augen zu öffnen, denn er hatte Sorge, dass das in seinem ganzen Körper wabernde Gefühl der Übelkeit die Oberhand gewinnt, sich bahnbricht und sein komplettes Inneres nach außen kehren würde.

Aber so konnte er es kontrollieren, lag er doch waagerecht irgendwo auf einer halbwegs weichen Unterlage. Ein Bett? Keine Ahnung, aber die Liegeposition war gut, stehen hätte er nicht können, glaubte er. Dieses Geräusch, verdamm mich! Was ist das für ein Gebrumme? Er zwang sich die Augen zu öffnen. Er lag tatsächlich in einem Bett, ohne Decke, in voller Bekleidung. Schemenhaft konnte er den Raum erahnen, denn durch ein kleines, seltsames Fenster schien etwas Licht des offenbar

141

anbrechenden Tages hinein. Und er war nicht allein im Raum. Mehrere Betten waren da, die jeweils zu zweit übereinanderstanden und in allen schliefen Männer, brummten, grunzten oder schnarchten.

Die Luft war entsetzlich in dem Zimmer und er hatte das Gefühl, er müsse dringend frische Luft zum Atmen bekommen, da andernfalls die Übelkeit die Oberhand gewinnt und er sich die Seele aus dem Leib kotzen müsse. Mühsam richtete er sich auf, das Gefühl im Kopf war grauenhaft, das Gehirn schien sich der Veränderung der Waagerechten widersetzen zu wollen, aber er schob sich Stück für Stück in eine Sitzposition und brachte dabei seine Füße auf den Boden. Er musste erneut Pause machen, um wieder Kraft anzusammeln für die nächste Etappe, dem notwendigen aufstehen, um das Fenster zu erreichen.

Er merkte, dass die Füße trotz der Stiefel brummten. Es war also gar nicht so sehr der Kopf, der brummte, auch, aber die Füße, nein, der Boden brummte, vibrierte leicht, monoton summend.

Verdammt, wo bin ich hier?

Er zog sich an einem der Beine des über ihm gestapelten Bettes nach oben und etwas nach vorn, damit er mit seinem Kopf nicht gegen den verdammten Bettrahmen über ihm schlug und schob sich mit etwas Schwung nach vorn in Richtung des Fensters, welches er mit einem großen Schritt erreichte. Erreichen musste, denn er hatte das dringende Bedürfnis sich festhalten zu müssen und der seltsame große metallene Riegel des Fensters schien die einzige Möglichkeit dafür zu sein. So etwas hatte er noch nie erlebt, dass der Boden unter ihm schwankte und er ohne sich festzuhalten geradewegs flach darnieder fallen würde.

Das Fenster war so ganz anders, als er Fenster kannte, aber egal, er hob den im Verhältnis zu dem kleinen, runden Fenster mächtigen Bügel an und musste zusätzlich an einer Sicherungsschraube drehen, ohne die es sich nicht öffnen ließe. Regelrecht wie in Panik zog und drehte er an dem verdammten Ding, bis er den Bügel endlich zur Seite schieben und es aufziehen konnte. Durch die Öffnung des Fensters hätte bestenfalls sein Kopf gepasst, nein jetzt erschien ihm selbst dieser zu dick dafür, aber Luft, frische kalte Luft mit einem leichten Fischgeruch strömte endlich hinein und ließ ihn einige tiefe Atemzüge nehmen. Und Feuchtigkeit spritzte ihm ins Gesicht, Wasser, nein, kein Regenwasser, es war das spritzende Wasser, dass gegen die Bordwand klatschte und sein Gesicht dabei mit einem feinen feuchten Nebel bedeckte.

Er hatte es schon geahnt, er befindet sich auf einem Schiff, nein kein Angelboot auf dem Mözener See, sondern eines von diesen riesigen Schiffen aus dem Hamburger Hafen. Und dieses Schiff, das lag dort nicht mehr im Hafen, es fuhr bereits, denn er konnte aus dem Bullauge Gebäude an der nahen Küste vorbeiziehen sehen. Sie fuhren ganz sicher die Elbe entlang. Aber wohin? Hinaus aufs Meer?

Diese Erkenntnis, verbunden mit einer ihn verlassenden Körperkraft ließ ihn wieder zurück auf sein Bett fallen, auf dessen Rand er jetzt saß, mit auf seinen Schenkeln aufgestützten Armen, in deren

Hände er seinen Kopf vergrub und anfing zu weinen.

Was hatte er nur getan?

Die frische kalte Luft verteilte sich im Raum, zusätzlich wurde es immer heller und weitere Männer erwachten. Es waren, wie der Wilhelm, alles keine Seeleute, sondern Männer in der typischen Kluft einfacher Arbeiter, von denen mehrere nach dem Erwachen sofort Bescheid wussten, was geschehen war, brüllten, aufsprangen und gegen die stählerne Tür mit ihren Fäusten schlugen, denn diese war von außen verschlossen. Verzweiflung machte sich breit, aber das bisschen Aggression gegen die Tür wich schnell einem Gejammer, Geheule und verdecktem Geweine, denn zusätzlich zu der Erkenntnis schanghait worden zu sein, kämpften alle mit ihren vom zu vielem Alkohol dicken Köpfen und Übelkeit.

Nach einiger Zeit, als sich alle Männer wieder halbwegs beruhigt hatten und auf ihren Betten saßen, öffnete sich die stählerne Tür und Licht wurde angemacht mittels eines Tasters, den der eintretende Uniformierte drückte, erglomm von der Zimmerdecke strahlend eines dieser neumodischen elektrischen Lichter. Hinter dem Mann in der dunkelblauen Uniform standen mehrere kräftig aussehende Matrosen mit verschränkten Armen und strengem Blick. Der Blaue wirkte freundlich und begrüßte sie in gebrochenem Deutsch auf der HMS Leicester auf dem Weg über Southampton nach Kalkutta. Da setzte sofort das Gejammer wieder ein. Ein Mann bestürmte den Blauen, seine Kinder seien allein zu Haus, seine Frau sei krank und wenn er nicht heute Mittag zur Schicht im Hafen kommen würde, dann verlöre er seine Arbeit und seine Familie müsse elendig verhungern. Er muss, muss, muss ihn von Bord lassen. Ein Matrose drängte den Mann zurück auf sein Bett. Der Blaue sagte, er könne ja von Bord gehen, wenn er denn schwimmen könne, lachte, und die Matrosen fielen in sein Lachen ein, hatten aber bestimmt nur halb verstanden was er ihm gesagt hatte.

Sie würden als Heizer benötigt und würden jetzt Seeleute der stolzen Marine seiner Majestät des englischen Königs sein. Zwei Pfund Tageslohn würden sie ihnen zahlen, zu Essen gäbe es dazu und in drei Schichten müssten sie arbeiten.

Sie sollen sich jetzt wieder hinlegen und in zwei Stunden würden sie geweckt, dann beginne ihre Schicht. Der Blaue verriegelte das Bullauge, dann griff er in Richtung des Tasters, um das Licht wieder zu löschen, da fasste sich der Wilhelm ein Herz und fragte unsicher, wo das denn sei, dieses Kalkutta. Der Blaue hatte erst nicht verstanden und Wilhelm musste nochmal fragen, dann sagte er, in Indien sei das, am anderen Ende der Welt, und fiel erneut in lautes Gelächter, in welches die anderen Matrosen einstimmten.

Das Licht ging aus und die Tür schlug wieder zu, gefolgt von dem lauten, metallenen Geräusch der Verriegelung.

Wilhelm fiel wieder aufs Bett und versuchte das Übelkeitsgefühl zu beherrschen, welches sich gerade jetzt, nach dieser Nachricht und einer Erkenntnis, vielleicht Monate auf einem Schiff unterwegs zu sein bahnbrechen wollte. Heute Morgen, jetzt mit Tagesanbruch wollte er sich eigentlich auf den Weg machen, nach Hause, zu Frau und Kindern. Er versuchte sich zu beruhigen und schloss die Augen. Aber an Schlaf war nicht mehr zu denken. Andere Männer kamen mit der Erkenntnis ihrer aussichtslosen Lage überhaupt nicht zurecht. Mehrere kotzten über einem Loch im Boden in einer Ecke, offenbar einem offenen Abort. Der süßlich-scharfe Geruch von Erbrochenem breitete sich im Raum aus. Wilhelm merkte, wie er am ganzen Körper zitterte, seine Organe sich gegen einen drohenden Kollaps offenbar zur Wehr setzten. Trotz der schlechten Luft versuchte er gleichmäßig zu atmen und irgendwann hatte er seinen Körper wieder einigermaßen unter Kontrolle und war an der Schwelle zum Einschlafen, aber da ging erneut die Tür auf und das Licht an. Mehrere Matrosen betraten den Raum und brüllten wohl auf Englisch, alle sollten aufstehen. Wilhelm schob sich auf und setzte sich auf die Kante. Noch bevor er aufstehen konnte, war er von einem Matrosen ausgewählt, genau wie ein paar andere und sie sollten sich in einer Reihe aufstellen. Dann wurden sie herausgeführt, vorneweg und hintendran eskortiert von den Matrosen. Nach einem kurzen Weg durch die engen Gänge und Treppen hinunter, tiefer hinein in den Bauch des stählernen Ungetüms betraten sie einen Raum, in dem eine lange Bank stand, seitlich eingerahmt von metallenen Spinden. Auf der Bank lagen sauber zusammengelegt auf

Stapeln mehrere Garnituren einer schwarzen, sackleinenen Kluft. Sie sollten sich umziehen und ihre zivile Kleidung in jeweils einen der freien Spinde legen, sagte einer der Matrosen, was Wilhelm nicht wörtlich, aber durch dessen zusätzliche Gesten mit der Hand verstand. Trotz seines müden Kopfes und tranigen Verstandes war Wilhelm bewusst, dass er sich jetzt mit seiner Hose auch von seinem ganzen Geld trennen musste, dessen Rolle er zwar die ganze Zeit gespürt, nun aber zur Sicherheit nochmal mit der Hand befühlte. Wenn ihm das gestohlen würde, dann ist alles aus! Aber die Matrosen waren ungeduldig und mit einem „hopp, hopp, hopp" und Klatschen in die Hände trieben sie die Männer an, sich schneller umzuziehen. Wilhelm rollte seine Hose ein und musste darauf setzen, dass seine einfache, jetzt ziemlich dreckige und stinkende Kleidung niemanden veranlassen würde, darin nach Wertgegenständen zu suchen. Mit schwarzer Sackhose, ebensolchem Oberteil und Mütze auf dem Kopf folgten sie erneut den Matrosen, die sie an der Schwelle einer stählernen Tür einem anderen Mann übergaben, der ebenfalls in schwarzem Sackleinen, aber rußschwarzem Gesicht und Händen ihnen entgegentrat. Missmutig sah er sie an, machte ihnen Zeichen ihm zu folgen, während die Matrosen zurückblieben, tief in einen immer lauter, stickiger und wärmer werdenden Raum hinein. Und dann standen sie in einem riesigen, dröhnenden Saal, offenbar tief unten im Bauch des Schiffes, durch den eine gewaltige, sich drehende, trommelartige, stählerne Stange von vorne, abflachend nach hinten

verlief, und am Ende offenbar aus dem Schiff
hinausging. Aber vorne, auf der anderen Seite der
Stange brummte das gewaltige Herz dieses Ungetüms.
Mehrere riesige, stählerne Schwung- und Zahnräder
drehten sich und große Kolben schoben sich laufend
und unregelmäßig auf und ab. Männer in schwarz
liefen auf Gittertreppen auf dem Ungetüm umher,
hatten Ölkannen in der Hand, mit denen sie laufend
Öl auf sich bewegendes Metallgestänge gossen. Noch
nie musste sich Wilhelm irgendwo aufhalten, wo es so
ohrenbetäubend laut, stickig und heiß war. Nein,
keine der Spelunken von gestern Abend konnte nach
seiner Erinnerung mit diesem Monster mithalten! Der
Mann, der sie führte machte weiter Zeichen ihm zu
folgen und nicht stehen zu bleiben. Hier unten kann
man sich ausschließlich nur mit Handzeichen
verständigen. Nur ein Geräusch schaffte es, sich
gegen den Krach der Maschine durchzusetzen, eine
schrille Klingel, die jetzt ertönte und ihren Führer
sofort veranlasste, sich diesem Signal zuzuwenden.
Ein mit einem Schieberegler, einer Art Hebel,
versehenes Rundinstrument, halb so groß wie ein
Wagenrad, zeigte auf einer Art Uhrzeiger an, wie
schnell wohl die Maschine laufen soll, denn der Mann
schob sofort den großen Hebel auf Höhe des
Uhrzeigers, woraufhin die Maschine nochmals seine
Lautstärke steigerte und alle mechanischen, sich
bewegenden Teile sich sofort schneller bewegten,
einschließlich der riesigen stählernen Stange. Jetzt
winkte er wieder, ihm weiter zu folgen. Sie gingen an
der Maschine vorbei, hin zu einem riesenhaften Ofen.

Andere Männer öffneten immer wieder Klappen des Ofens, aus denen ihnen dann sofort eine glühende Hitze entgegenschlug, und schaufelten Kohlen, die aus einem gewaltigen Schacht in deren Rücken offenbar nach unten in eine eiserne Wanne nachrutschten, in die glühende Feuersbrunst. Als sie die ankommenden Männer sahen, blickten sie erfreut aus ihren rabenschwarzen Gesichtern auf und drückten ihnen jeweils ihre Schaufeln in die Hände und verschwanden. Schichtwechsel. Jetzt sind sie dran. Nein, diese Arbeit musste ihr Führer ihnen nicht weiter erklären und zaghaft fingen sie an Kohlen in die Löcher des gewaltigen Ofens zu schaufeln, deren Klappen der Führer ihnen mit einem langen Schürhaken öffnete, sie nach einiger Zeit hinwies auf einige Rundinstrumente, offenbar Thermometer, die die Kesseltemperatur maßen und die ihnen als Hinweis dienen sollten, in welche Klappe des Ofens Kohlen nachzuschaufeln seien.

Noch nie hatte Wilhelm eine so anstrengende Arbeit leisten müssen, zumal sein Körper von der letzten Nacht so ausgezehrt, regelrecht vergiftet war, sein Rücken und alle Muskeln schon nach kurzer Zeit schmerzten, mehr schmerzten als sein brummender Schädel, der im Gegensatz dazu sogar langsam wieder klarer wurde trotz der schlechten Luft, der Hitze und es Krachs.

Als er das Gefühl hatte, unter der Arbeitsbelastung fast zusammenzubrechen, sie gleich nicht mehr länger aushalten zu können, kamen erneut frische Schwarzgekleidete mit noch weißen Gesichtern und

Wilhelm und seine Kollegen drückten diesen sofort ihre Schaufeln in die Hände und wurden aus dem Maschinenraum heraus, zurück nach oben in den Umkleideraum geführt. Sie ließen sich auf die Bank im Raum fallen, erhielten aber sofort Kommando, sich auszuziehen und in einen Nebenraum zu gehen. Der Führer drehte einen Wasserhahn an und von der Decke in dem Raum ergoss sich Wasser aus mehreren Brausen und verteilten es wie übergroße Gießkannen. Zaghaft traten die nackten Männer, ihr Geschlechtsteil jeweils vor dem anderen etwas verbergend unter die Brausen und Wilhelm stellte erfreut fest, dass lauwarmes Wasser ihm über das Gesicht und den Körper lief. Er atmete tief durch, wusch sich den Ruß vom Gesicht und Händen, bekam von dem Führer aber sofort das Kommando, sich ein Stück Kernseife, von denen mehrere in Ablagen in der Dusche lagen zu greifen und sich gründlich zu waschen. Das tat er nur zu gerne, seifte sich ein, von oben bis unten, hätte am liebsten stundenlang unter dem Wasser gestanden, schaffte es aber unter dem Kommando des Führers gerade eben noch, sich die Seife vom Körper zu spülen, als dieser das Wasser wieder abstellte. Die Männer trockneten sich ab, zogen ihre Zivilkleidung wieder an, die, wie Wilhelm glücklich feststellte, unangerührt in seinem Spind lag und hängte die schwarze Kluft statt derer hinein. Dann folgten sie dem Führer hinaus, wieder weiter nach oben in einen Raum, in dem ein paar Tische und Stühle standen. Ein Loch in der Wand ging auf und ein weißgekleideter Mann schob von der anderen Seite mehrere Teller mit Essen hindurch, die Anzahl Männer zählend, damit jeder einen Teller voll erhielt. Dazu einen kleinen Henkelkrug, leer, mit dem Hinweis auf einen Wasserhahn, der sich seitlich befand, aus dem sie sich Trinkwasser zapften. Außer ihnen war niemand anderes in dem Raum, so setzten sie sich alle gemeinsam an einen der Tische.

Alle stocherten in dem Essen, aus dem Wilhelm allein den Kartoffelstampf erkennen konnte, alles andere war ihm völlig unbekannt, probierte zaghaft, aber der Hunger ließ ihn das sehr süßlich schmeckende Essen mit dem Löffel in sich hineinschaufeln. Sein Gegenüber am Tisch erwachte offenbar jetzt nach Dusche und mit warmen Essen wieder zum Leben, sagte, er hieße Erwin und fragte die anderen nach ihren Namen. Alle waren Hamburger Arbeiter im Hafen, einige auf Schiffswerften andere waren Scheuerleute. Als Wilhelm sagte, er käme aus Holstein und auf Nachfrage erzählte, er sei dort Bauer, hätte dort Hof, Familie und Scholle, sahen die anderen ihn etwas ungläubig an. Wilhelm erkannte in dem Erwin den, der in dem Schlafraum verzweifelt von seiner kranken Frau und Familie erzählte, die jetzt hungers sterben müsse und auch der Wilhelm berichtete ihm jetzt von seiner hochschwangeren Frau und seinen neun Kindern, die allein davor stehen, Essen zu beschaffen und irgendwie die Felder zu bestellen. Beide Männer blickten sich an und machten sich dabei ganz ohne Worte zu Verbündeten in der Not.

17

Der Diener ließ ihn allein den Weg durch das Alte Palais laufen, denn er kannte den Weg durch die Flügel und Etagen. Am Ziel angekommen nannte er gegenüber einem Bediensteten seinen Namen und dieser verschwand hinter mehreren Türen, um kurz darauf mit der Nachricht: „Der Kronprinz erwartet Sie", zurückzukehren. Der Bedienstete führte ihn in ein großes Empfangszimmer, in dem Prinz Wilhelm auf ihn zukam. Er verbeugte sich tief und grüßte:

„Majestät, danke für die Ehre, mich zu empfangen."

Der Kronprinz fühlte sich durch die Anrede geschmeichelt und auch wieder etwas gelassener, wo er ihn doch insgeheim eher widerwillig empfing:

„Mit der ‚Majestät' müssen Sie sich noch etwas gedulden Bismarck, mein Bruder merkt zwar nichts mehr davon, aber die höfische Etikette verlangt, mich weiter mit ‚Exzellenz' anzureden."

„Sehr wohl Exzellenz."

„So, was bringen Sie für Nachrichten?", kam er sofort ohne Umschweife zum Thema.

Bismarck fühlte sich recht peinlich berührt, trat doch hinter dem Kronprinzen dessen Frau den Herren näher, denn offenbar hatte er sich zuvor noch mit ihr unterhalten. Aber seine gute preußische Erziehung ließ ihn die Frage des Thronfolgers hintanstellen, sich verbeugen, die Hand der Dame ergreifen, einen Handkuss andeuten und sie begrüßen.

„Hoheit"

Sie lächelte gekünstelt, hatten beide doch Bekanntschaft in früheren Begegnungen gehabt und sie verabscheute Bismarck regelrecht.

„Meine Frau, Kronprinzessin Augusta", stellte der Kronprinz sie unnötigerweise vor, woraufhin sich Bismarck erneut verbeugte, sie einen Knicks andeutete aber sodann ohne weitere Worte den Raum verließ.

„Also", drängte der Kronprinz erneut, nachdem sich die Tür hinter der Kronprinzessin schloss.

„Exzellenz, ich habe alles in die Wege geleitet und es sieht gut aus für das Haus Hohenzollern. Das Haus Oldenburg hat seine vollumfängliche Unterstützung zugesichert."

„Ach", sagte er, offenkundig hatte er nicht damit gerechnet, „sie übergeben uns die Herrschaft über Schleswig-Holstein und ziehen sich in ihr Exil zurück?"

„Ich musste es etwas diplomatischer angehen.

Diesen Punkt habe ich zunächst offengehalten. Es war notwendig Christian von Augustenburg in dem Glauben zu lassen, dass sein Sohn nach erfolgreicher Machtübernahme Herrscher von Schleswig-Holstein werden könne.

„Als König von Dänemark?"

„Wenn der alte Mann und sein Sohn ehrlich gegen sich selbst wären, würden sie erkennen, dass niemals einer aus ihrem Hause König, Herzog oder was auch immer werden würde, vielleicht Parlamentarier im einem später zu begründenden Regionalparlament", sagte Bismarck, „aber sie sind es nicht."

„Wir müssen sie also noch etwas hinhalten, bis wir Schleswig-Holstein vollkommen unter unsere Kontrolle bekommen haben."

„Ja, Exzellenz, so müssten wir es anstellen. Irgendwann werden Sie wohl Christians Sohn nochmal die Verzichtserklärung seines Vaters nebst der Urkunde über die Abfindung, von denen wir zum Glück Kopie besitzen, vorlegen und ihn daran erinnern müssen."

Der Kronprinz nickte und sah das Gespräch damit als beendet an, gab dies Bismarck auch zu erkennen, indem er seine Uhr, welche an einer goldenen Kette hing, aus der aufgesteppten kleinen Tasche seiner Weste zog, sie aufklappte und nach flüchtigem Heraufschauen wieder zuklappte und zurücksteckte.

Bismarck knetete in einem Akt der Verlegenheit seine Hände ineinander und schien mit dem Thronfolger noch ein weiteres Anliegen besprechen zu wollen.

„Majestät", setzte er an und der Kronprinz nahm die Anrede jetzt wohlwollend zur Kenntnis, „ich bitte untertänigst noch ein Anliegen vortragen zu dürfen."

„Nur zu Bismarck," sagte er väterlich, obwohl es ihm nicht behagte.

„Ich fühle mich geehrt, als Gesandter in Petersburg meine preußische Heimat im Sinne Ihrer Majestät vertreten zu dürfen."

„Aber?"

„Mit Verlaub, das Russische ist keine einfache Sprache und so haben meine Familie und ich es nicht leicht, uns in die Gesellschaft einzufinden. Ich erwäge, meine Familie nach Frankfurt zurückzubringen."

„Sie sind nicht der erste Diplomat im preußischen Auftrag, der zeitweise von seiner Familie getrennt zu leben hat und ich wüsste Niemanden, dem es geschadet hätte."

Bismarck antwortete nicht sogleich. Nach einer kurzen Pause sagte er trotzdem:

„Majestät, ich bitte untertänigst um meine Versetzung."

Seine Meinung über Otto von Bismarck war ambivalent, und so schwankte er innerlich, wie intensiv er ihn in seine Staatsgeschäfte einbeziehen sollte, hatte er stets Sorge, dass der Einfluss dieses Mannes ihm eines Tages zum folgenschweren Nachteil gereichen könnte, aber vielleicht, vielleicht auch zu einem unermesslichen Vorteil.

Nur konnte er nicht in die Glaskugel sehen.

So dachte er fürs Erste gar nicht daran, sich

Bismarck wieder zurück nach Berlin in seine Nähe zu holen, war er doch insgeheim froh, nein, entsprach es doch der ursprünglichen Absicht, sich ihn mit seiner Abstellung nach Petersburg eine Zeit lang vom Hals zu schaffen, zumindest bis zu seiner Krönung. Danach, so wusste er, müsste er hinsichtlich Bismarcks Person eine Entscheidung treffen.

„Ich hatte immer den Eindruck, Sie seien auf eine große Karriere im diplomatischen Dienst Preußens aus?"

„Ich glaube, meine Dienste für Preußen in einem wirkungsvolleren Umfeld einsetzen zu können."

„Der Hof des Zaren ist für Preußen ein wirkmächtiges Umfeld!"

„Fürwahr", sagte Bismarck mit einem Seufzer.

„Ich dachte die Fürstin Orlowa hätte Ihnen in Petersburg ein wenig Ablenkung von Ihren diplomatischen Aufgaben beschert?"

„Majestät, woher wissen Sie von Fürstin Orlowa?", fragte Bismarck erbleichend.

„Ich kenne sie nicht", er machte eine Pause, „sehr wohl aber ihren Ehemann, Nicolai Alexejewitsch", und durch Bismarcks Wortwahl, von ‚wissen' anstatt ‚kennen' zu sprechen, fühlte er, dass an Nicolais Verdächtigungen, seine Frau würde ihn mit einem preußischen Diplomaten betrügen, etwas dran war.

Aber es gefiel ihm, jemanden auf frischer Tat dabei ertappt zu haben, dieser süßen Versuchung erlegen zu sein, konnte er damit doch sich selbst gegenüber seine eigene Untreue etwas besänftigen, ja sogar entschuldigen.

Bismarck war die Situation höchst unangenehm und er wäre am liebsten im Erdboden versunken. Prinz Wilhelm hingegen weidete sich jetzt regelrecht darin, die sonst so preußische Korrektheit und Bismarcks erzkonservative Neigung zu immerwährender Einhaltung der Etikette gebrochen und als blanke Farce entlarvt zu haben.

„Ja, dem süßen Gift, welches so manche schöne Frau versprüht, kann man als Mann oft nur sehr schwer entgehen", meinte er mit leisem Lächeln und Bismarck lief jetzt rot an, was Wilhelm veranlasste, jetzt, da er ihm seine längst überfällige Lektion erteilt hatte, gegenzusteuern um ihn nicht vollkommen bloßzustellen. Er räusperte sich.

„Trösten Sie sich, auch ich fand mich schon in diesem giftigen Nebel", Pause, „schon mehrfach sogar."

Bismarck sagte nichts und blickte zu Boden.

„Bismarck, nutzen Sie die Zeit, ohne Ihre Familie in Petersburg" und räusperte sich nochmal, als er die Doppeldeutigkeit seiner eigenen Worte erkannte, „ich meine, um den Zaren auf die uns bevorstehenden Aufgaben im Königreich Preußen vorzubereiten, denn ich möchte, dass er uns gewähren lässt, wenn wir den Dänen Schleswig-Holstein entreißen."

Er fügte hinzu:

„Und nebenbei, haben wir beide darüber hinaus ja noch einige weitere Ideen, um den Fortbestand des Königreiches in der Zukunft zu sichern."

Bismarck verbeugte sich tief:

„Sehr wohl, Majestät."

18

Der Tagesablauf von Wilhelm und den anderen Männern war fortan bestimmt durch ein paar Stunden Schlafen, eine Schicht lang Kohlen schaufeln, essen und wieder schlafen. Das Zeitgefühl ging Wilhelm fast verloren, nur manchmal konnte er durch das Bullauge ihrer Kajüte erkennen, ob es Tag oder Nacht war. Erwin verriet ihm, dass Southampton eine Stadt in England sei, wohl ungefähr wie Hamburg, und dass sie nur ein paar Tage Fahrt entfernt sei. Wenn es überhaupt eine Möglichkeit gäbe, von Bord zu kommen, dann da. Wenn sie das nicht schaffen würden, dann seien sie monatelang unterwegs. Wilhelms längst wieder klarer Kopf war einzig von dem Gedanken bestimmt, wie es gelingen könnte in Southampton von diesem stählernen Ungetüm zu fliehen und nach Hause zu kommen.

Da sich alle schanghaiten Männer in die Situation eingefunden hatten und gegenüber den

Blauuniformierten sich augenscheinlich in ihr Schicksal fügten, wurde der Schlafraum nicht mehr abgeschlossen und sie konnten sich außerhalb der Schichten auf dem Schiff frei bewegen.

Wilhelm verspürte einen Drang, irgendwie aus der drangvollen, stickigen Enge des unteren Schiffes nach oben zu gelangen und über mehreren steilen Treppen stand er vor einer schweren, stählernen Tür, deren Riegel er zu Seite schob und öffnen konnte. Ein gewaltiger, feuchter Winddruck schlug ihm entgegen und ließ ihn seine Mütze vom Kopf ziehen, die andernfalls sofort weggerissen worden wäre und die tiefen, schwarzen, schäumenden Wellen schlugen gegen den Schiffsbauch und ließen es gemächlich hoch und wieder runtersacken. Er musste sich an der Reling festhalten, sonst hätte er das Gleichgewicht verloren. Sein, seit er auf diesem Schiff war, eigentlich immer plumeranter Magen, der stets auf der Schwelle des Kotzens balancierte, meldete sich bei dem Anblick der wogenden Naturgewalten besonders deutlich. Aber er stellte auch fest, dass er ihn alleinig durch das Hinausblicken auf den Horizont beruhigen konnte und er ein richtig gutes Gefühl dabei gewann, zumal, er erkannte, dass Land in Sicht war. Ja, ganz deutlich hob sich am Ende der Wasserkannte Land ab, hügeliges, braunes und auch grünes Land, sogar Gebäude waren mit etwas Phantasie zu erkennen. Das Schiff hatte also eine Küstenlinie erreicht, die es entlangfuhr und irgendwann wird es sicher diese Stadt Southampton anlaufen.

Bereits nach der nächsten Schicht stellten Egon

und Wilhelm fest, dass sie wieder in ihrer Kajüte eingesperrt wurden, was sie als sicheres Zeichen dafür ansahen, dass sie in Kürze anlegen würden. Und so war es auch. Innerhalb der Folgeschicht wurde die riesige Dampfmaschine heruntergefahren und sie konnten sich beim Kohleschaufeln etwas mehr Zeit lassen, da die Kessel ebenfalls weniger zu befeuern waren. Nach einer weiteren Stunde wurde die Maschine fast ganz abgestellt und lief offenbar nur noch im Leerlauf. Sie hatten im Hafen angelegt. Nach der Schicht wurden sie in ihrer Kajüte eingesperrt und Wilhelm konnte aus dem Bullauge erkennen, dass das Schiff am Kai festgemacht war und eine Gangway vom Schiff hinunterführte. Viele Männer waren dabei, Güter in Form von Säcken und großen Kisten hinunter- und andere auf das Schiff zu tragen.

Die Tür zu ihrer Kajüte wurde geöffnet und ein Blauuniformierter trat ein, der auf Englisch in den Raum hineinsprach. Egon, der etwas Englisch verstand, erkannte blitzartig, dass der Mann von „Volunteers" sprach, die er suchen würde. Sofort meldete er sich und zeigte dabei zusätzlich auf Wilhelm, der nicht verstand und erst nachdem der Blauuniformierte die Kajüte wieder verlassen und verschlossen hatte, von Egon aufgeklärt wurde, dass sie für irgendeinen Arbeitsauftrag als Freiwillige ausgewählt wurden. Egon hatte nicht verstanden wofür, aber egal, vielleicht ergab sich dadurch eine Gelegenheit, aus der verschlossenen Kajüte herauszukommen und vom Schiff fliehen zu können.

Sie legten sich schlafen und Wilhelm hatte seine

Meldung zum Freiwilligendienst schon fast wieder vergessen, so sehr tauchte er mal wieder in einen Traum von zu Hause ein, wie er im warmen Sonnenschein mit seinem Gaul seine Felder beackerte und er von Ferne Catherine lächelnd auf ihn zukommen sah, das neugeborene Kind in der einen und seine Mittagsverpflegung in der anderen Hand.

Jemand rüttelte an seiner Schulter und er erwachte, erkannte durch das fahle Licht, welches vom Gang in die Kajüte fiel, den Blauuniformierten, der ohne Worte zu machen, ihn und Egon aus dem Schlaf riss und ihm andeutete sich anzuziehen und ihm zu folgen. Es war offenbar mitten in der Nacht, als sie oben an Deck standen, den Wilhelm seine Bauernjoppe bis zum Hals schließen ließ, denn es war schneidend kalt, obwohl es diesmal regelrecht windstill, ja und auch vollkommen still auf Deck und am Kai war. Außer dem Blauuniformierten, Egon und Wilhelm war kein Mensch zu sehen. Dieser drückte dem Egon einen Zettel in die Hand und erklärte ihm den Arbeitsauftrag im leisen Ton, machte hier und da ein Handzeichen in Richtung eines Schuppens und zur Hafenmeile, auf der einige beleuchtete Gebäude zu sehen waren.

Egon voran, folgte ihm Wilhelm über die steile Gangway von Bord. Mit leisen Worten klärte Egon ihn auf und schnellen Schrittes gingen sie in Richtung eines großen Schuppens. Wilhelm erfreute sich regelrecht des Gefühls, festen Boden unter den Füßen zu haben und empfand seine ersten Schritte als ginge er auf Wolken.

Der riesige Schuppen, viel größer als jede Scheune, die Wilhelm je sah, hatte ein gewaltiges offenstehendes Tor. An der Seite im Eingangsbereich standen so einige Gerätschaften, die Scheuerleute so zum Arbeiten benötigen: Lastbretter, eiserne Haken und Ösen, Transportseile und Karren aller Art. Sie schnappten sich zwei Schubkarren, die statt einer Wanne mit einer großen hölzernen Fläche beschaffen waren und machten sich, Egon voran, weiter auf den Weg. Immer mal wieder hielt Egon an, schaute in Straßen hinein, in denen vielfach Gaslaternen brannten, ob irgendeine Person zu sehen sei, aber nein, niemand begegnete ihnen, vor allem keine Schupo, oder besser Constable, wie sie hier hießen, streng blickende Männer in schwarzer Uniform mit einem seltsamen, rundlich-hohen Helm auf dem Kopf. Denn vor denen hatte der Blauuniformierte der Leicester sie gewarnt.

Sie erreichten die Hafenmeile, in der jetzt tatsächlich mal vereinzelt Leute zu sehen waren, aber es waren ausschließlich Besoffene, die herumtorkelten, an der Kaimauer ins Meer pissten oder kotzten. Weder die noch sie schenkten sich Beachtung. Egon schaute auf seinen Zettel und versuchte den dort aufgeschriebenen Namen einer Spelunke zu lesen: „Finnegans Blurry". Sie gingen noch an manch einer Kneipe vorbei, bis sie die richtige fanden, aus der laute Musik und grölender Gesang vieler rauer Männerstimmen zu hören war. Sie schoben ihre Schubkarren seitlich am Gebäude vorbei zum Hinterausgang, stellten sie dort ab, setzten sich auf die Karren und warteten im Halbdunkel. Das war die Order. Jetzt erzählte der Egon auch weiter, um was es ging, was der Wilhelm auch ohne seine Erklärung bereits geahnt hatte. Drinnen waren Matrosen der Leicester, die versuchten Männer unter den Tisch zu trinken und Egon und Wilhelm sollen sie dann mit ihren Schubkarren auf die Leicester schieben. Frischfleisch für die Schichten im Heizbunker der Leicester und deren langer Fahrt nach Indien. Egon hatte einen Plan, konnte ihn aber gar nicht weitererzählen, denn in dem Moment schlug schon die Hintertür mit einem Krachen auf und zwei Matrosen trugen einen fast bewusstlos betrunkenen Mann an den Armen die Treppe hinunter. Egon und Wilhelm nahmen ihn entgegen und legten ihn auf eine der Schubkarren. Kurz danach brachten andere Matrosen einen Weiteren. Sie sollen sie an Bord bringen und danach wieder zurückkommen. Sie hätten noch mehr, sagte einer der Matrosen streng im Befehlston. Sie machten sich sofort auf den Weg.

Kein Constable, kein Niemand begegnete ihnen, auch hatten sie nicht den Eindruck, irgendjemand würde sie aus den Fenstern sehen oder beobachten, verwunderlich, denn die Karren machten mit ihren hölzernen, eisenbeschlagenen Rädern einen Mordskrach auf dem Kopfsteinpflaster. So konnten sie also ihre Fracht ohne Probleme kutschieren, Egon allerdings mit einem deutlich schwereren Mann beladen, der obendrein ab und zu Geräusche und wirre Ausrufe von sich gab. Es blieb ihm nichts anderes übrig, als ihm mit der Faust ordentlich eine an seinen Schädel zu verpassen, damit er Ruhe gab. Statt sie direkt an die Gangway der Leicester schieben, schob Egon seine Karre in die Lagerhalle, in die ihn der Wilhelm mit seiner folgte.

Los, los, los, er soll seinen Mann durchsuchen sagte Egon und fing an die Taschen seines Mannes zu durchwühlen. Wilhelm konnte es nicht einfallen, einem Mann sein Geld zu stehlen und sah etwas missmutig auf das Zeugs, was er aus den Taschen des Mannes zu Tage beförderte. Irgendwelche Zettel, ein kleines Mäppchen, eine Geldbörse und diverse Geldstücke. Nein, um das Geld der Männer gehe es nicht, oder nicht so sehr, sondern die Papiere, die solle er sich ansehen. Und tatsächlich, eines der Papiere sah aus wie ein offizielles Dokument, mit dem Namen des Mannes, James Ningritch, versuchte er zu lesen, konnte es aber nicht aussprechen, vielleicht ein Arbeitsausweis.

Ohne irgendein Ausweispapier kämen sie niemals aus England raus auf ein anderes Schiff, nach Hause, meinte Egon Auch er hatte Papiere gefunden, die er sich in die Taschen stopfte, dazu noch Geld von dem Mann.

Nein, Geld wollte Wilhelm dem Mann nicht stehlen, das macht er nicht und dachte dabei heilfroh an sein ganzes Geld vom Ochsenverkauf, welches er glücklicherweise immer noch an seinem Hosenbund angebunden in der Tasche hatte. Er steckte seinem Mann seine Geldbörse und das restliche Zeugs wieder in die Tasche. Etwas Geld solle er von ihm nehmen, denn ohne englisches Geld käme er nirgendwo hin, außer vielleicht in die Gosse, meinte Egon, woraufhin Wilhelm sich die ganzen losen Geldstücke des Mannes mit etwas Widerwillen dann doch in die eigene Tasche steckte.

Sie schoben ihre Karren zur Gangway und schleppten einen Mann nach dem anderen jeweils zu zweit an Bord. Dort wurden sie bereits von der Bordwache empfangen, die die Männer unter Deck schaffte und Egon und Wilhelm machten sich erneut auf den Weg mit den Karren zu der Spelunke.

Als sie am Hinterausgang des Lokals ankamen, lag da bereits ein Mann auf dem Boden, der offenbar bewusstlos betrunken war. Mühsam hoben sie ihn auf eine der Karren. Wilhelms Abscheu vor diesen Männern und sein Ärger über sich, sich selbst vor Kurzem in einem so erbarmungswürdigen Zustand befunden zu haben, dass irgendwelche Leute ihn auf die Leicester geschafft hatten, ohne dass er davon auch nur irgendetwas mitbekommen hatte, konnte sich nicht breitmachen, denn soeben kamen zwei Matrosen mit einem weiteren Mann zur Tür heraus, den sie entgegennahmen und auf die andere Karre hievten.

Egon stockte mit seiner Karre, als er aus der engen Gasse hinter dem Gebäude auf die Straße einbiegen wollte, denn es waren plötzlich erheblich mehr Männer unterwegs als zuvor und die schienen auch längst nicht alle sturzbesoffen. Polizeistunde. Die Lokale mussten offenbar jetzt langsam schließen und so trotteten diverse Gruppen von Hafenarbeitern nach Hause oder zur Frühschicht und Matrosen zurück auf ihre Schiffe.

Im Laufschritt schoben sie ihre Karren von einer Ecke zur nächsten, zwischendurch verbargen sie sich in irgendwelchen offenstehenden Torbögen und warteten ab, bis die Luft wieder rein war. Wilhelm lief der Schweiß in Strömen, weniger von der Kraftanstrengung die schwere Karre zu schieben, als vielmehr vom Laufen, was er überhaupt nicht gewohnt war. An einer Ecke begegnete ihnen unerwartet doch plötzlich eine Gruppe von Hafenarbeitern, die trotz ihres alkoholisierten Zustands sofort erkannten, was sie da machen. Sie riefen ihnen laut hinterher, waren aber nicht in der Lage ihnen trotz der schweren Schubkarren zu folgen. Aber jetzt erwachte die Gasse, Fenster schlugen auf und da war es dann: Das grelle Geräusch einer Trillerpfeife! Constable! Sie liefen mit ihren Karren wie der Teufel und aus mehreren Gassen erklangen jetzt Trillerpfeifen und der Widerhall von schweren Stiefeln auf dem Pflaster der engen Gassen, offenbar herannahende Constable. Ihr Pfeifen und Stiefelgeklapper verriet sie allerdings auch und so konnte Egon voranlaufend wie ein Windhund, ihren Geräuschen ausweichen.

Ohne dass auch nur ein Constable sie tatsächlich entdeckte, erreichten sie die Lagerhalle. Neben der Halle, in einer Lücke zum nächsten Gebäude, gerade so breit, dass die Schubkarren hindurch passten, verbargen sie sich mit ihrer Fracht, denn auf dem Kai begann wieder das rege Gewusel von Frachten tragenden Männern, Fuhrwerke, die entladen wurden, um die Waren auf die Schiffe zu schaffen. Sie konnten unmöglich mit ihrer menschlichen Fracht bis zur Gangway der Leicester gelangen. Als sie sahen, dass ein Constable am Kai entlanglief, der offenbar auf der Suche nach irgendjemandem schien, zogen sie sich mit ihren Karren tiefer in den Gebäudespalt zurück und verbargen sich etwas hinter wilden Büschen und herumliegendem Müll und Gerümpel.

Egon durchsuchte erneut seinen Mann, nahm ihm Geld ab und forderte Wilhelm auf, es ihm gleichzutun. Als er nach dessen Jacke griff, sie zu öffnen, erwachte sein Mann und fing sofort an zu schreien. Verdammt, er solle ihm sofort eine verpassen, rief Egon, aber Wilhelm reagierte nicht, stattdessen zwängte sich Egon in der Enge des Gebäudespaltes an ihm vorbei und schlug den Mann mit seiner Faust ins Gesicht, der daraufhin bewusstlos niedersackte und wieder Ruhe gab.

Aber die Ruhe währte nur kurz, denn erstarrt wurden beide Männer gewahr, dass da jemand war, der nach ihnen rief. Am Eingang des Ganges stand ein Mann, im fahlen Morgengrauen deutlich als schwarzuniformiert und mit rundlichem Helm zu erkennen: der Constable!

Panik ergriff Wilhelm aber gleichzeitig war er völlig erstarrt, auch Egon rührte sich nicht. Jetzt rief der Constable erneut in ihre Richtung und ging voran in den dunklen Häuserspalt hinein.

Mit einem Mal sprang Egon über die Karren und fing an tiefer in den Gang hineinzulaufen. Wilhelm erwachte daraufhin sofort aus seiner Starre und lief, polternde Geräusche durch das Springen über die Karren verursachend, dem Egon hinterher, zusätzlich getrieben von der grellen Trillerpfeife des Constable, die hier in der Enge des Ganges besonders schrill ertönte.

Sie liefen wie der Teufel, während ihnen Äste von wildem Buschwerk entgegenschlugen und irgendwelche Holzlatten unter ihren Stiefeln zerbarsten. Wilhelm hatte den Eindruck, der Gang würde immer enger und ein Gefühl von Platzangst befiel ihn, sich vor lauter Enge gleich nicht mehr fortbewegen zu können und zwischen den Gebäudewänden festzustecken.

Er sah, dass Egon eine Tür rechtsseitig zur großen Lagerhalle betätigte, die sich öffnen ließ und beide Männer schlüpften hinein und zogen die Tür hinter sich zu. In der Halle war es dunkler als im Gang, nur wenig Morgenlicht schien durch einige Dachfenster hindurch und ließ erahnen, dass die Halle voll stand mit großen Ballen von irgendwelchem Frachtgut, meterhoch übereinandergestapelt. Wilhelm atmete tief durch, obwohl die Lagerware einen muffigen Geruch verbreitete. Sie liefen weiter durch die engen Gänge zwischen den Ballen wieder nach vorne in Richtung des großen Tores der Halle, hörten aber erneut den grellen Pfeifton der Trillerpfeife des Constables. Mehrere Lagerarbeiter waren zu sehen, die sich über das Pfeifgeräusch wunderten und in ihre Richtung sahen. Kurzerhand griff Egon nach zwei schweren Eisenhaken, schob Wilhelm mit dem Rücken an einen der Ballen, drückte das spitze Ende des gebogenen Hakens in den Ballen hinein und das Griffstück über dessen Schulter in Wilhelms Hand, dann schob er ihn vor und den Ballen auf Wilhelms Rücken. Dieser taumelte ob der schweren Last, machte seinen Rücken krumm und versuchte sich vorwärtszubewegen. Egon tat es ihm gleich und ging zielsicher mit seinem riesigen Ballen voran zum Ausgang der Halle. Mühsam tapste Wilhelm ihm hinterher. Sie reihten sich ein in eine Gruppe von Männern, die allesamt mit Ballen beladen den Kai entlang auf ein Schiff zu und dessen Gangway hinaufgingen.

Mehrere Constable kamen nun am Kai zusammen und führten die beiden betrunkenen Männer aus dem Gebäudespalt heraus. Sie mussten sie unterhaken, weil sie nicht in der Lage waren selbst zu gehen.

Nur ein Constable sah kurz einmal in Wilhelms Richtung, weil dieser als Einziger in der Reihe der Schauerleute mit seiner Fracht taumelte, aber, dessen Beobachtung spürend, nahm er seine letzten Kräfte zusammen und bewegte sich die enge Gangway hinauf auf das Schiff zur Ladeluke, in die er wie alle anderen seinen Ballen hinunterfallen ließ und danach zusammensackend sah, wie andere Männer unten in der tiefen Luke die Ballen aufstapelten.

Mühsam richtete er sich wieder auf und wurde sofort von einem Vorarbeiter in einer seltsamen Sprache angeschnauzt. Trotz, dass er ihn nicht verstand, war ihm doch klar, er solle aufstehen und sich weiter an die Arbeit machen. Egon war bereits die Gangway wieder hinab gegangen und reihte sich ein in die Kette der Männer mit ihren eisernen Haken zurück zur Lagerhalle.

Die Constable verschwanden nun mit den Betrunkenen und so fühlte Wilhelm sich etwas sicherer und erkannte Egon, der etwas tiefer in die Halle hineingetreten war. Sie unterhielten sich flüsternd. Egon erzählte, dass das Schiff ein holländisches Schiff sei, das hätte er an der Flagge erkannt und die seltsame Sprache von denen, ja, das sei ganz gewiss holländisch. Wilhelm verstand nicht so recht, was Egon ihm damit sagen wollte. Holland, dass sei auf dem Kontinent, südlich der Elbmündung, nicht weit vom Königreich Hannover und von da sei es nicht mehr weit bis Hamburg. Jetzt hatte es Wilhelm gepackt. Wie sie es schaffen könnten, mit dem Schiff mitzukommen, wollte er von Egon wissen. Er hätte keine Ahnung, meinte er, hievte sich erneut einen Ballen auf den Rücken und marschierte wieder los. Wilhelm tat es ihm gleich. Die Aussicht, mit einem Schiff zurück in Richtung Heimat gelangen zu können, war stärker als alle Schmerzen der schweren Last auf seinem Rücken.

Beim nächsten Aufladen von Ballen in der Halle sagte Egon ihm, er hätte einen der anderen englischen Scheuerleute gefragt, ob er wüsste, wo die Fracht denn hinginge, und der erzählte ihm, er vermute irgendwo auf den Kontinent, wohl nach Hoek. Das hielt Egon auch für möglich, denn das Schiff war deutlich kleiner als die Leicester und würde wohl eher nicht auf die Weltmeere hinausfahren.

Zwei weitere Gänge später erzählte Egon, er hätte

einen Seemann auf dem Schiff gefragt, ob sie noch Seeleute gebrauchen und ob sie auf dem Schiff anheuern könnten. So wie er ihn verstand schien dies möglich. Sie sollten nach der Arbeit zu ihm kommen.

19

Es war nicht einfach, eine Versammlung ehemaliger Mitglieder und Anhänger der schleswigschen Ständeversammlung einzuberufen, dabei strikt dänisch-gesinnte Männer, wie einen Hiort Lorenzen, außen vor zu lassen, weil man denen nicht traute und obendrein sicherzugehen, dass es keinen Verräter gab, der vielleicht Meldung an Kopenhagen machte, oder sogar die ganze Versammlung durch eine Polizeieinheit sprengen ließ. Insofern stand Graf von Moltke unter einer großen inneren Anspannung, als er mit fünfzehnminütiger Verspätung den Saal des großen Landgasthofes in Bredstedt, betrat.

Applaus brauste auf, als die Leute im überfüllten Saal ihn eintreten sahen, sie aufstanden und viele ihm die Hand zum Gruß reichten. Er war überrascht von dem freundlichen Empfang, dass er offenbar in so guter Erinnerung geblieben war und erfreut einige bekannte Gesichter wiederzusehen. Von Jacob

Jessen, einem langjährigen Mitglied der früheren Ständeversammlung und obendrein Wirt des Gasthofes nach vorne geführt, betrat er die Bühne, denn er war an diesem Abend der Hauptredner.

Jessen musste mit den Armen Zeichen machen in das Auditorium, um die Leute zur Ruhe zu bringen, einige hatten offenbar schon mehr getrunken, als ihnen guttat. Aber nach ein paar Minuten herrschte relative Stille und er konnte Graf von Moltke als Redner ankündigen.

„Meine Herren", legte dieser nun los und er musste seinen Satz unterbrechen, denn es war immer noch nicht leise genug im Saal, dass alle ihn verstehen könnten „Meine Herren, lassen Sie mich Ihnen mitteilen, dass das Feuer der Schleswig-Holsteinischen Erhebung neu entfacht wurde."

Aufbrausender Beifall, denn genau diese Erwartung hegten die Teilnehmer der Versammlung und sahen sich nun bestätigt, dass von Moltke ihnen nun von einer neuen Initiative erzählen würde, ihrem Wunsch nach Loslösung vom Joch des dänischen Königs.

Und genau dieses Wunschdenken bediente nun von Moltke, sprach in blumigen Worten, von einem geeinten Herzogtum Schleswig-Holstein, als Mitglied im Deutschen Bund, geprägt von der Deutschen Sprache, was niemand mehr in Frage stellen würde, aber jeder der Friesisch spricht oder auch Dänisch, dies auch weiterhin machen dürfe, ganz im Sinne des Vertrages von Ripen aber ohne die Herrschaft eines dänischen Königs. Er überbrachte eine

Grußbotschaft des Herzogs von Augustenburg und brauchte im Jubel auf diese Worte keine weitere Erklärung abzugeben, meinten doch die Zuhörer zu schließen, dass nun der wahre König von Schleswig-Holstein an die Macht kommen würde.

Am Schluss fing er an zu singen:

„Schleswig-Holstein, meerumschlungen,
deutsche Sitte, hohe Wacht!
Wahre treu, was schwer errungen,
bis ein schön'rer Morgen tagt!"

Er selbst war gar nicht so textsicher, aber die Leute sangen das Lied ‚Wanke nicht mein Vaterland', welches bereits auf den Sängerfesten vor fast 15 Jahren zur nicht-offiziellen Hymne von Schleswig-Holstein erkoren wurde, so sicher, als beteten sie das ‚Vaterunser'.

Graf von Moltke bewegte ab der dritten Strophe nur noch die Lippen, was aber niemandem auffiel, so sehr waren die Menschen eins mit diesem Lied, hoben sich auf ungeahnte Höhen, auf den Marsch in das gelobte Vaterland, dass es ihm langsam aber sicher angst und bange wurde.

Was den laut singenden Deutschnationalen im Saal nicht auffiel, war, dass zwischenzeitig, fast zeitgleich mehrere Fuhrwerke und Coupés vollbesetzt mit Männern vor dem Gasthof hielten und diese nun geschlossen das Lokal betraten.

Nur in den Unterbrechungen des Gesangs zwischen den einzelnen Strophen war es im Saal kurzzeitig so leise, dass man auch drinnen laute Geräusche von zerbrechendem Mobiliar, berstenden Scheiben und Gläsern und brüllenden Männern hören konnte.

Der Gesang wurde immer leiser und brach gänzlich ab, als plötzlich die große doppelflügelige Tür zum Saal mit einem lauten Knall von außen aufgestoßen wurde, die Flügel gegen die Wand schlugen, dabei aus den Angeln brachen und die Glasscheiben in den Türflügeln in tausend Scherben zersprangen.

Die Horde der Männer stürmte in den Saal, brüllte so etwas wie ‚für König und Vaterland‘ und begann sofort auf die Deutschnationalen mit Fäusten, aber auch mit Stuhlbeinen, von zuvor zertrümmerten Stühlen einzuschlagen.

Die Deutschnationalen waren nicht gänzlich überrascht, dass ihre Versammlung an die Eiderdänen verraten wurde, gab es doch seit Jahren immer mal wieder handfeste Auseinandersetzungen mit diesen Königstreuen, bei denen ausgehend von der einen oder der anderen Seite sich der Hass in einer wüsten Schlägerei Bahn brach.

So reagierten sie schnell auf den Angriff, prügelten ihrerseits auf die Angreifer ein, dass das Blut der aufgeplatzten Gesichter und der Löcher in den Köpfen im Saal herumspritzte und mehrere Männer bewusstlos zu Boden gingen.

Auf der Empore packte Jacob Jessen Graf von Moltke an dessen Arm und zerrte ihn zielsicher hinter die Bühne, gefolgt von mehreren anderen, die der

Schlacht entgehen wollten. Als Jessen die rückwärtige Tür des Saales aufstieß und die Männer in den weiten Hof nach Draußen gelangten, wähnte die Freude, der Prügelei entronnen zu sein nur kurz, als sie sahen, dass sie umringt waren von einem ganzen Haufen Eiderdänen, die sie mit Knüppeln in den Händen offenbar erwartet hatten.

Graf von Moltke war einer der ersten, der einen harten Schlag ins Gesicht bekam, der ihm die Nase brach und zu Boden warf. Gleich darauf wurden auch alle anderen von den Eiderdänen zu Boden geschlagen. Gerade als diese nun die Darniederliegenden weiter mit Knüppeln zu malträtieren anfingen, war Pferdegetrampel auf dem Pflaster zu hören und mehrere Schupo trieben nun die Eiderdänen ihrerseits mit ihren Schlagstöcken auf sie einprügelnd auseinander.

Die Eiderdänen ergriffen die Flucht und von Moltke, wieder bei Bewusstsein, versuchte sich vom Boden zu erheben, hielt sich dabei eine Hand ins Gesicht, aus dem ununterbrochen das Blut floss, seine andere konnte er nicht bewegen, da der Arm, zuvor getroffen von einem harten Knüppelschlag bewegungsunfähig war. Er stolperte in Richtung seines Wagens, riss die Tür des Coupés auf, sprang regelrecht hinein, fiel in die Polster, woraufhin sein Kutscher sofort die Peitsche knallen und das Pferd laufen ließ und sich bei ihm die Verzweiflung breitmachte:

,Herrgott hilf, wohin soll das führen ?!'

20

Als die holländische Zweimastbark fertig beladen war und die Scheuerleute sämtlich von Bord gingen, drängte sich der Egon an den offenbar zuständigen Maat heran. Weder Egon, noch der Maat sprachen besonders gut Englisch und so war es schwer, dem Maat weißzumachen, sie seien erfahrene Seeleute auf Arbeitssuche. Der Maat hatte keine rechte Möglichkeit, seine Aussagen zu überprüfen, aber nach anfänglicher Skepsis ließ er die beiden anheuern.

Kurz nachdem sie mit einer Matrosenuniform ausgestattet wurden, legte das Schiff bereits ab und sie wurden der ersten Wache zugeordnet. Offenbar wollte sich der Maat sofort davon überzeugen, was die zwei Neuen taugen. Er blies zum Segelsetzen und bestimmt zwanzig Matrosen stiegen auf die Reling und dann schnellen, sicheren Schrittes auf den Wanten in die Höhe. Wilhelm und Egon reihten sich mit ein und versuchten mit den anderen Matrosen

Schritt zu halten, argwöhnisch beäugt von dem Maat. Als sie den Ausguck der ersten Ebene erreichten, war Wilhelm schon völlig außer Atem und obendrein stellte sich eine gewisse Höhenangst ein, die ihn sich fast krampfhaft an den Tauen festhalten ließ. Eine steife Brise zerrte an seinem Körper und ließ seine Matrosenuniform flattern, sein vorsichtiger Blick nach unten ließ ihn taumeln. Obwohl noch längst nicht oben angekommen, hatte er hier oben den Eindruck, das Schiff sei nur eine Nussschale mit viel zu hohen Masten. Sie wurden von einem anderen Matrosen angestoßen. Worauf sie noch warten? Sie sollen in die Pferde steigen!, brüllte der in einem seltsamen Sprachmischmasch gegen den Wind.

Auch ohne weitere Erklärung, was denn die ‚Pferde' seien, war Wilhelm klar, dass die unterhalb der Großrah hängenden Seile als Schritthilfe dienen, um die Männer an der Rah zu verteilen. So hangelte er sich an dem großen Querbalken entlang, an dem das Segel zusammengebunden befestigt war. Nach einem weiteren Pfiff lösten alle Männer das Großsegel, hoben es aus der Sicherung, dass es herunterrauschte und dabei sofort vom Wind aufgebläht wurde.

Unten an Deck spannten einige Männer die Brassen, sodass sich das riesige Segel gleichzeitig dabei in den Wind drehte. Der Taumel verstärkte sich bei Wilhelm durch das Schwanken der Bark, dem Drehen des Segels und des pfeifenden Windes. Egon, der neben ihm in der Rah hing und offenbar dachte, der Wilhelm würde gleich abstürzen, brüllte ihn an, er solle verdammt nochmal nach oben blicken!

Wilhelm riss sich zusammen.

Dann ging es eine Etage höher in die Obermarsrah. Dort setzen sie genauso das Segel. Anschließend wurden beide wieder nach unten beordert, während wenige andere Matrosen noch weiter hinauf in die Oberbramstenge stiegen um die Marssegel zu setzen.

Nachdem er den letzten Fuß aus der Want wieder auf die Bootsplanken setzte, fiel die totale Anspannung von Wilhelm ab und er spürte seine eisigen Finger in der winterlichen Kälte, aber ein gewisser Stolz stellte sich ein, es tatsächlich geschafft und nicht versagt zu haben. Es blieb ihm keine Zeit sich zu besinnen, denn sofort tönten Pfiffe und Kommandos, die ihnen befahlen, den anderen Kameraden an den Brassen zu helfen.

Nach drei Stunden wurden sie abgelöst und konnten sich in Gemeinschaftskojen etwas ausruhen. Wilhelm hatte Blasen an den Fingern, verbarg dies aber vor den Kameraden, damit möglichst keiner mitbekam, dass er eigentlich hier an Bord von nichts eine Ahnung hatte. Die Freude, wieder auf dem Weg in die Heimat zu sein überstrahlte alle Schmerzen und Ängste. Er nickte ein vor Erschöpfung, schlief aber nicht wirklich, angesichts der permanenten Pfiffe, lauten Kommandos, des überall zerrenden Windes und natürlich dem steten Schwanken des Segelschiffes.

Am Morgen des nächsten Tages erreichten sie die Küste und schon bald darauf stiegen die Männer wieder in die Wanten, um die Segel zu reffen. Wilhelm konnte an Deck bleiben und war an den Brassen eingeteilt. Angesichts der vielen Männer, die diese gemeinsam zogen, konnte er dabei etwas schummeln und Kraftanstrengung vortäuschen, um seine schmerzenden Hände etwas zu schonen.

Nachdem das Schiff angelegt hatte, ließen sich Egon und Wilhelm ihre Heuer auszahlen und gingen von Bord.

Egon und erst recht nicht Wilhelm hatte eine genaue Ahnung, wo sie hier gelandet waren. Irgendwo war ein großes Schild zu lesen, das so ungefähr wohl ‚Willkommen in Hoek van Holland' bedeutete. Zumindest konnten sie ohne jegliche Kontrolle aus dem Hafenbereich in die, trotz winterlicher Tristesse, schön anzusehende kleine Stadt marschieren, Egon voran, als wüsste er wohin des Weges.

Vor einem großen halboffenen Gebäude waren mehrere Männer dabei mit Holzpflöcken eine kleine Kutsche aufzubocken, denn bei der war offenbar die Hinterachse gebrochen. Sie schienen ratlos, wie sie den Schaden beheben sollten. Ein Schmied hatte wohl zuvor in einem vor der Halle stehenden Schmiedefeuer eine metallene Manschette angefertigt, nun gelang es ihnen aber nicht, diese an der Achse anzupassen. Egon, der sich mit Schmiedeeisen jeglicher Art im Schiffsbau prima auskannte, ging den Männern einfach zur Hilfe, redete auf sie ein, was sie machen müssten, was sie aber offenbar nicht verstanden, sodass er die Manschette nahm, dem Schmied Anweisungen erteilte und sie gemeinsam das

Eisen um die Achse einfassen konnten. Die Männer bedankten sich bei ihm und luden ihn zu einem Bier ein, welches sie aus einem kleinen Fass in der Halle zapften. In der Zwischenzeit sah sich Wilhelm auf dem Gelände um. In einer Ecke standen mehrere alte Fuhrwerke oder Teile davon, etwas abseits befand sich eine Weide mit einigen Kutschzossen, bei denen er schon von Weitem erkannte, dass sie genauso wenig taugten, wie die Fuhrwerke. Trotzdem war ihm klar, dass wohl noch ein erheblicher Weg vor ihnen lag, den sie kaum komplett zu Fuß bewältigen konnten. Nachdem Egon fertig war, sprach er mit ihm und sie sahen sich die alten Fuhrwerke gemeinsam an. Ein leichter Wagen war dabei mit einem Radbruch, den Egon meinte beheben zu können. Sie versuchten mit den Männern zu reden und ihnen klarzumachen, dass sie den Wagen und eines der Pferde dazu kaufen wollten. Diese schienen dazu bereit, sogar erfreut, sodass Egon mit ihnen das Rad reparierte und Wilhelm sich die Pferde genauer ansah. Es standen drei zur Auswahl, von denen er sich bemühte, das beste herauszusuchen.

Egon konnte mit seinem englischen Geld bezahlen, welches offenbar in der Hafenstadt mit seinen häufigen Frachtfahrten von und nach England nichts Ungewöhnliches war. Wilhelm meinte bei den Männern nicht nur ein freundliches, sondern eher ein schelmisches Grinsen zu erkennen, weil sie wohl offenbar auf ein schlechtes Geschäft hereingefallen waren. Woher sollten diese Männer auch wissen, was sie mit dem Fuhrwerk vorhatten und nebenbei hatten sie das englische Geld gestohlen und konnten damit vermutlich ohnehin bald nichts mehr anfangen.

Während Egon noch zwei weitere Bier trank handelte Wilhelm noch eine Gerte und einen kleinen Sack Hafer heraus, spannte den Zossen ein, den er zuvor noch getränkt hatte, setzte sich auf den Bock, half dem stark angetrunkenen Egon auf die Pritsche und trieb das Pferd an, das regelrecht erfreut schien, wieder ein Fuhrwerk ziehen zu dürfen und mit Hand an der Mütze verabschiedete er sich von den Männern der Station und fuhr davon.

Der Zossen marschierte ganz munter, dass Wilhelm ihn regelrecht ein wenig zurückhalten musste, damit er nicht nach fünf Meilen bereits tot umfiel. Zusätzlich wusste er nicht, welchen Weg er einschlagen sollte. Nach einer halben Stunde machte er eine erste Pause, besah sich das Pferd, dem bereits jetzt der Schaum aus dem Maul rann und er weckte den Egon, dem der Alkohol mehrerer Krug Bier ziemlich schläfrig gemacht hatte. Nach Nordost müssten sie und Egon zeigte mit dem Arm, aber angesichts nicht vorhandener Sonne an diesem Nachmittag war diese nautische Richtungsanweisung für Wilhelm eher nicht zu gebrauchen, zumal er die Kutsche mit dessen Kommandos, wie ‚strich backbord' nicht über die Landstraßen und Wege lenken konnte.

Es fing an zu regnen. Egon, mittlerweile wieder etwas nüchterner, setzte sich zu Wilhelm auf den Bock und beide Männer versuchten sich ihre Joppen in den Nacken zu ziehen, damit ihnen das Wasser nicht den Rücken hinunterlief. Als nach einiger Zeit ein Gehöft auftauchte, ließ sie der freundliche Bauer samt ihrem Fuhrwerk in der Scheune übernachten. Für ihr Kutschpferd war es fürs Erste ohnehin genug und Wilhelm spannte es aus und versorgte das Tier.

Nachts ging ein prasselnder Regen herunter, die damit verbundene feuchte Kälte ließ sie im Heu ziemlich frieren und am nächsten Morgen war Wilhelm laufend am rotzen und er fühlte sich krank. Die Bauersfrau half mit einem heißen Tee, der war schwarz wie die Nacht und sie gab einen kleinen Schuss Milch dazu in den Krug, die ihn sofort leicht bräunlich werden ließ. Er war gut im Geschmack und regte seinen müden Körper wieder an. Er kannte eigentlich nur den Tee seiner Frau bestehend aus Minze oder Kamille aus dem Garten, dieser Tee aber bestand nicht aus Kräutern, sondern aus seltsamen schwarzen Krumen, sehr wohlriechend, von denen die Bäuerin ihm sogar ein kleines Säckchen voll schenkte. Der sei aus Indien, sagte sie ihm dazu. Und für einen kurzen Moment bereute er, nicht mit der Leicester in die weite Welt gereist zu sein.

Egon konnte dem Bauern vermitteln, dass sie auf der Reise ins Königreich Hannover und sogar darüber hinaus seien und nach einiger Zeit des Kramens hatte der Bauer eine grobe Karte der Region gefunden, die er auf dem Tisch ausbreitete. Er zeigte ihnen, wo sie sich befanden und sie fuhren mit dem Finger über Linien, die wohl Straßen oder Wege waren, dazwischen große Städte, namens Amsterdam und einer offenbar riesigen Seenlandschaft mitten im

Land, die sich ‚Meer' nannte. Auch die angrenzenden Länder waren zu erkennen und am oberen Rand las Egon, was an einer fast waagerecht auf der Karte verlaufenden Linie stand: Elbe! Und das zeigte er dem Wilhelm erfreut. Der Bauer war erstaunt und verwirrt zugleich ob des gewaltigen Weges, der den Männern wohl bevorstand. Für ihn war das das Ende der Welt. Egon ließ sich ein Blatt Papier und einen Kreidestift geben und versuchte die Karte ungefähr zu skizzieren, schrieb Ortsnamen ab und verband diese mit Linien. Dann bedankten sich die Männer bei den Bauersleuten, spannten ihren Zossen wieder an und fuhren frohen Mutes davon.

21

Es dauerte geschlagene zwölf Tage, bis sie die Grenze zum Königreich Hannover erreichten. Statt einer allmählichen Anpassung ihres Zossen an die jeweils ganztägige Fahrt mit dem leichten Einspänner hin zu einer höheren Ausdauer des Tieres wurde es tagtäglich immer schwächlicher und lustloser, war das Tier schon stets nach einem halben Tag kaum mehr weiterzubewegen. Abwechselnd führte einer der Männer das Tier an den Zügeln, während sich der andere auf dem Bock ausruhte und nach zwei Stunden wechselten sie sich ab. So hatten sie schon Tage vor Erreichen der Grenzregion ausreichend Zeit, zu besprechen, wie sie sich bei der Grenzkontrolle verhalten würden und überhaupt: was wird sie dort erwarten? Niemals zuvor mussten sie in ihrem Leben eine Grenze überschreiten, zumindest keine wirkliche, kannten nur mal die eine oder andere Geschichte, die jemand davon erzählte: Von strengen

Beamten, die ihre Schusswaffen auf sie richten würden und natürlich von Papieren, die sie vorzeigen müssten. Und genau darin bestand ihrer beider Problem: Sie hatten nämlich kein einziges Papier, dass belegte, dass sie hießen wie sie hießen und das sie herkamen, woher sie behaupteten herzukommen.

Die einzigen Papiere waren diese Zettel, die sie den englischen Seeleuten in Southampton entwendeten, von denen sie glaubten, sie seien Arbeitsausweise. Sie beschlossen, wenn notwendig, diese Papiere vorzuzeigen und sich als Engländer auszugeben, die auf dem Weg nach Hamburg seien.

Es war um die Mittagszeit, als sie mit ihrem Fuhrwerk eine schier endlose Allee durch ein Waldgebiet befuhren, der Gaul von Wilhelm geführt. Nach einiger Zeit kam ein hölzerner, eckiger Turm in Sicht, dann ein geschlossener Schlagbaum und ein schmales Häuschen neben diesem. Niemand schien die Grenze zu passieren, weder in Hannoversche, noch in Holländische Richtung. Die Flagge am Fahnenmast neben dem Schlagbaum war gelb-weiß mit einem weißen Pferd auf rotem Grund, darüber die goldene Krone, welche Erwin erkannte und sie damit Gewissheit hatten, dass sie vor der Grenze zum Königreich Hannover standen.

Wilhelm beschlich ein ungutes Gefühl bei diesem Grenzübergang, der irgendwie so ganz anders war, als er damals von Sankt Pauli am Millerntor nach Hamburg und wieder zurück ging, ohne kontrolliert geschweige am Durchgang gehindert zu werden. Er wurde immer langsamer im Gang und beide Männer blickten mit großer Anspannung auf den Schlagbaum und wie sie diesen jetzt durchschreiten könnten.

Unmittelbar davor trat plötzlich ein Soldat aus dem schmalen Häuschen, das ein seitlich offener Unterstand war hervor, sein Gewehr über der Schulter und rief Wilhelm an, ihn zum Halt auffordernd.

Wilhelm, auf der einen Seite erleichtert, wieder deutschsprachig und damit halbwegs verständlich angesprochen zu werden, gleichzeitig aber erschreckt von dem unerwartet erschienen Soldaten und dessen vermeintlich schroff, abweisenden Ton, antwortete stotternd, sie seien auf der Durchreise, auf dem Weg nach Hamburg.

Der Grenzwachmann blickte weiterhin mürrisch, mit seinem seltsamen zylindrischen Uniformhut, der ihm weit in die Stirn ragte, dessen Schirm seine Augen fast verdeckte und dessen Riemen auf Höhe seines Kinns hing und ihn regelrecht im Sprechen hinderte.

Mit einem knappen aber sehr bestimmten ,Papiere!' und vorstrecken seiner rechten Hand, ließ er Wilhelm und Egon hektisch in ihren Taschen kramen und jeweils ihr englisches Papier, welches sie sich bereits zuvor zurechtgelegt hatten, rüberreichen.

Der Uniformierte sah sich die Papiere ohne Veränderung seines Gesichtsausdrucks an und mit einem ,warten sie hier' drehte er sich um und marschierte zackigen Schrittes auf ein in Sichtweite liegendes Gebäude zu und verschwand darin.

Wilhelm und Egon rührten sich nicht vom Fleck und sprachen kein Wort. Sie fühlten sich beobachtet, denn oben auf dem Wachturm stand ein weiterer Soldat, der sein Gewehr zwar nicht im Anschlag aber bereits von der Schulter genommen und auf der Balustrade abgelegt hatte.

Der Gaul schnaubte, hatte absolut keine Lust mehr still zu stehen und Wilhelm nahm die Zügel kurz, damit er Ruhe gab.

Es dauerte einige Minuten, bis der Wachsoldat wieder zurückkam, allerdings im Gefolge eine Abordnung von Soldaten mit geschulterten Gewehren, im Gleichschritt auf den Schlagbaum zukommend.

Die Papiere seien nicht gültig, es seien keine Reisedokumente und woher sie beide, offenkundig deutschstämmige Männer, Papiere in englischer Sprache mit englischen Namen hätten. Er fragte Wilhelm, wie sein Name sei.

Wilhelm stand regelrecht unter Schock und musste über seinen englischen Namen nachdenken, obwohl er sich diesen vorher eingeprägt hatte. Endlich fiel er ihm wieder ein, aber er konnte nur ‚James' in einer deutschsprachigen Betonung sagen, den Nachnamen konnte er ohnehin nicht richtig aussprechen, jetzt aber noch nicht einmal falsch.

Das sei alles unglaubwürdig sagte der Soldat, sie würden vorläufig unter Arrest gestellt, zumindest, bis ihre wahre Identität geklärt sei. Und mit einem ‚Abführen!' ging der Schlagbaum auf und die Abordnung der Soldaten richtete ihre Gewehre auf sie und führte sie in das Gebäude, welches im Untergeschoss über große Arrestzellen verfügte.

Im ganzen Bereich des Grenzübergangs waren sie die einzigen Reisenden und jetzt im Keller des Gebäudes waren sie erstaunt, dass die große Zelle, in die sie eingesperrt wurden bereits von mehreren Männern belegt war. In den Ecken lagen dreckige Strohmatratzen und Wilhelm und Egon suchten sich jeweils eine freie aus, auf die sie sich, wie die meisten anderen Männer setzten. Sie wurden gefragt, wo sie her seien und nur Egon antwortete, dass sie aus Holland kämen und auf dem Heimweg nach Hamburg seien. Mit der Heimreise müssen sie sich wohl noch ein wenig gedulden, meinte einer der Inhaftierten. Wenn sie denn überhaupt jemals wieder heimkämen, warf ein anderer mit einem etwas dreckigen Lachen ein, was ihm aber im Halse stecken zu bleiben schien, der Georg hätte wohl zuvor noch Verwendung für sie. Wer von ihnen denn der Georg sei, fragte Egon, hatte aber bereits eine Ahnung, dass es sich weder um einen Mann in der Zelle noch einen der Wachhabenden handelt. Wieder schmutziges Lachen eines Mannes, der behauptete, dass Georg der elende Schwächling sich wohl nun doch dazu durchgerungen hätte, den Preußen Paroli bieten zu wollen, bevor sie sein Königreich sang und klanglos einfach einnähmen und dafür braucht er wohl noch ein wenig Kanonenfutter.

Wilhelm, der den Reden der anderen gespannt folgte, erkannte nun, in was er jetzt wieder hineingeraten war und auf die bisherige Anspannung folgte nun die totale Ernüchterung, die ihn auf der Strohmatratze hockend, seinen Kopf unter den

Armen verbergend leise schluchzen ließ. Einer der Männer gab ihm einen Klapps auf die Schultern, er solle es leichtnehmen, die Preußen hätten jetzt moderne Gewehre mit Hinterladung, die ihre Körper durchschlügen wie Butter, eh sie richtig in der Schlacht angekommen sind, wären sie schon mausetot. Die Männer lachten schallend. Wilhelm schluchzte lauter.

Am nächsten Morgen wurde einer nach dem anderen von ihnen nach oben geführt und von einem Oberwachmann verhört. Während Wilhelm die ganze Zeit im Raum vor einem Schreibtisch stehen musste, bewacht von Uniformierten, saß der Oberwachmann dahinter und tat geschäftig, den Wilhelm nur wenig beachtend. Irgendwann fing der Mann an, ihm irgendetwas von einem Grenzvergehen zu erzählen und einer langen Gefängnisstrafe, die ihm drohen würde. Wilhelms Beine wurden weich, und für einen Moment hatten die Wachhabenden den Eindruck, er würde jetzt zusammenbrechen und sie müssten ihn halten, aber Wilhelm behielt seine Contenance und versuchte den Oberwachmann möglichst neutralen Gesichts anzusehen und der Pause, die dieser absichtlich machte, standzuhalten. Dann fügte er an, dass es eine Möglichkeit gäbe, all dem zu entgehen und sah ihn erstmalig direkt an.

Er könne statt ins Gefängnis Soldat werden in der Armee des Königs, seiner Majestät, Georg V. von Hannover.

Dass das Verhör diese Wendung nehmen würde, wusste er bereits von anderen zuvor verhörten

Zelleninsassen und daher sagte er zu, diesem Angebot Folge leisten zu wollen, sah er angesichts der angedrohten Gefängnisstrafe keine Wahl, im Gegenteil, dachte er bereits sofort an Desertation und Flucht.

Zwei Tage später wurden alle arrestierten Männer in einem großen geschlossenen Wagen eines Vierspänners verschafft und einen Tag und eine Nacht lang durch das Königreich kutschiert. Selten konnten sie durch schmale Schlitze des Wagens nach draußen schauen und mal ein Orts- oder Straßenschild erkennen, aber Wilhelm konnte mit diesen Informationen nicht das Geringste anfangen.

Die Fahrt endete in einem Militärlager. Als sie dort ausstiegen, geblendet on der plötzlichen Helligkeit, schier erschlagen von einer enormen Geschäftigkeit von Soldaten, die marschierten, Befehlen, die gebrüllt wurden, Pferden, die scheuten und wieherten, Wagen, die mit angehängten Kanonen über das Pflaster ratterten, und einem Gebrüll eines Mannes, das offensichtlich ihnen galt.

Sie mussten sich in einer Reihe aufstellen, wurden von einem älteren Soldaten streng beäugt und mit lauten, abfälligen Bemerkungen bedacht, was sie doch für jämmerliche Gestalten seien. Dann mussten sie im Laufschritt einem anderen Soldaten folgen, zu einem Gebäude, wo sie mit einer Uniform eingekleidet wurden, dann zu einem anderen Gebäude, wo ihnen in einem großen Zimmer Schlafplätze in Stockbetten zugewiesen wurden. Sie mussten ihre Zivilkleidung mit der Uniform tauschen und sofort danach vor dem

Gebäude wieder in einer Reihe antreten.

Mit starr geradeaus gerichtetem Blick stand Wilhelm in der Reihe, nahm das Gebrüll des vor ihnen stehenden Soldaten, der sie befehligte nur als ein Rauschen wahr.

Sein stehen, gehen, laufen, all sein Tun und Machen auf Befehl irgendeines brüllenden Soldaten reagierte er fortan mechanisch, wie das Mahlwerk einer Getreidemühle, ohne jegliches Empfinden, sogar ohne Schmerzen zu spüren, so sehr versetzte ihn dieses vermeintliche Ende seiner Reise, nein seiner Odyssee in eine Resignation und totale innere Aufgabe seiner selbst.

Die folgenden Wochen waren geprägt von Marschübungen, dem bilden von Formationen, nächtlichem campieren in Gräben im Wald bei Frostgraden, die einem Finger und Füße erfrieren ließen, Schießübungen mit dem Vorderlader und dessen nachladen mit Kugel und Pulver, dem Nahkampf mit Bajonett, bei dem jeder Soldat mit Gebrüll auf eine Puppe aus Stroh einstechen und diese niederstrecken sollte.

Am Abend vor dem angesetzten Abmarschtermin in die Schlacht kam Egon nochmal auf Wilhelm zu, um ihm einen Brief zu überreichen. Der Umschlag enthielt nicht nur etwas Geschriebenes, sondern offenbar auch so etwas wie ein Schmuckstück, einen Talisman oder Ring. Egon bat Wilhelm, im Falle, dass er nicht lebend aus der Schlacht zurückkehren würde, diesen Umschlag seiner Frau in Hamburg zu überreichen und Wilhelm versprach es ihm, war er doch wegen seiner schlechten Schießleistungen von der Infanterie zu den Kanonieren versetzt worden, nachdem seine Vorgesetzten feststellten, wie gut er stattdessen mit Pferden und Fuhrwerken umgehen konnte. Er sollte fortan aus der Reserve Kanonen, Geschosse und Pulver mit dem Kurzbock in die Schlacht schleppen, was der Egon wohl berechtigt als höhere Überlebenschance einschätzte.

Wilhelm erwachte mit dieser Versetzung nun nach Wochen wieder zum Leben, sah er doch darin nicht nur, der Schlacht und dem direkten Kampf Mann gegen Mann zu entgehen, sondern insgeheim eine Möglichkeit mit dem Pferd zu desertieren.

Beide Männer trennten sich mit einer stummen Umarmung, emotional geprägt von der Tatsache, dass ihre Schicksalsgemeinschaft, die sie bis hierhergetragen hatte, nun beendet war und jeder auf seine Weise seinen Weg in die Heimat finden musste.

22

Es war noch dunkel, als der Wachdienst alle Mann mit ihren Trillerpfeifen weckte und sie aus ihren Betten sprangen. Sie zogen sich schnell an, packten ihre Sachen und liefen mit ihren Gewehren, die sie bereits am Vorabend empfingen, dem Munitionsgürtel und Tornister und nahmen auf dem großen Platz im Lager Aufstellung. Anschließend wurde Wilhelm zu den Stallungen beordert und konnte von da aus sehen, wie hunderte Männer der Infanterie, unter ihnen wohl auch Egon im Gleichschritt aus dem Lager marschierten. Er zäumte währenddessen sein Kutschpferd auf, ein herrliches, muskulöses, höchstens dreijähriges Tier, legte ihm sein Zaumzeug mit Kandare, Scheuklappen und Leinen, dazu das Kummet an, nahm die Deichsel und spannte es in den Anzen des kurzen einachsigen Wagens ein, der eine Anhängevorrichtung zum Schleppen von Geschützen besaß. Beim letzten Verlassen des

Schlafsaals, als längst alle anderen Soldaten draußen waren, nahm er seine Zivilkleidung mit seiner Geldrolle und wickelte alles einschließlich seiner Joppe zu einem möglichst engen Bündel, denn dieses musste an eine bestimmte Stelle unterhalb des Kutschbockes passen. Unbemerkt von Anderen konnte er es dort unterbringen und darauf lauter zusätzliche Riemen und Teile von Zaumzeug darüberlegen, sodass es wirklich Niemandem auffallen würde. Als die letzten Infanteristen das Militärlager verlassen hatten, schlossen sich die Nachhut und damit auch Wilhelm mit seinem Gespann dem Treck der Soldaten an.

Schon am Vormittag war in der Ferne Geschützlärm zu hören. Die innere Anspannung steigerte sich bei Wilhelm mit jeder Meile, die sie vorwärtskamen. Er fühlte, dass sie nicht nur dem Lärm immer näher, sondern dieser auch ihnen entgegenkam. Er merkte, wie er zu zittern begann und seine Zähne aufeinander klapperten. Jetzt war sie wieder da, die Erinnerung, als irgendwelche Soldaten, die in glänzenden Uniformen bei ihnen auf dem Hof standen und seinen Eltern davon berichteten, dass einer ihrer Söhne für König und Vaterland gefallen sei, seine Mutter schreiend zusammenbrach, sein Vater sie verzweifelnd irgendwie halten musste, selbst unter dem Schock der Nachricht stehend und er, der Wilhelm, nicht mal fünfzehn Jahre alt, dastand und seine Welt zusammenbrechen sah.

Und diese uniformierten Männer kamen nicht nur einmal!

Und er sah Catherine, wie sie vor dem Hof steht, das Neugeborene im Arm, zwei Soldaten auf sie zureitend, sie ansprechend, und er sah ihr Gesicht, wie es sich verzerrte, sie den Mund weit aufriss und einen entsetzlichen Schrei ausstieß.

Ein lautes Pfeifen über seinem Kopf und anschließendes Krachen einer Explosion ließ ihn aus seinem Tagtraum erwachen. Ein Geschoss schlug nicht weit entfernt von ihrem Treck ein.

Vorgesetzte brüllten, sie sollten in Deckung gehen und Wilhelm riss, wie einige andere Wagenführer auch, sein Gefährt herum und ließ das Pferd in einen nahegelegenen Waldabschnitt hineinreiten.

Von dort aus beobachtete er die Szenerie. Offiziere und Unteroffiziere liefen umher, Melder kamen hinzu und berichteten offenbar von der Front und auf Wilhelm wirkte das alles, als stehe es nicht gut um ihre Einheit. Er schnappte auf, dass die Infanterie unter starkem Beschuss stehe und einen Moment lang stellte er sich den Egon vor, tot und zerschossen auf dem Boden liegend.

Ein Unteroffizier brüllte Wilhelm an, drückte ihm den Ausdruck einer Karte in die Hand, die offenbar die Gegend abbildete, zeigte ihm auf, wohin er sein Geschütz zu verbringen hätte und wies ihn an, sofort loszufahren. Mehrere Männer mit ihren Fuhrwerken und Geschützen im Schlepptau ließen die Pferde ausgreifen und fuhren ihren Zielen entgegen. Es dauerte nicht lange, da schlugen neben Wilhelm die ersten Granaten ein. Ein anderer Kutscher stürzte von einem Geschoss getroffen zu Boden, ein Dritter hielt sein Fuhrwerk an, stieg vom Bock und legte sich längs auf die Deichsel, was Wilhelm diesem sofort nachmachte, denn auch ihn wollten offenbar irgendwelche Scharfschützen vom Bock schießen. Mehrere Kugeln schlugen pfeifend und krachend in das Gehölz seines Wagens ein, Wilhelm konnte sich, zwar nur schwer auf der Deichsel und der holperigen Fahrt durch unebenes Wiesen- und Buschgelände halten, aber trotzdem sein Pferd in die Richtung lenken, wohin er das Geschütz schaffen sollte. Ein Unteroffizier machte ihm schon von Weitem Winkzeichen und einige Minuten später war er an der Position. Er brachte noch nicht einmal sein Fuhrwerk richtig zum Stehen, da kamen bereits mehrere Soldaten auf ihn zu, das Geschütz von dem Wagen zu lösen, Kugeln und die Eimer mit Schießpulver abzuladen. Wilhelm half dabei und die Männer mussten sich permanent ducken, denn die Gewehrgeschosse pfiffen nur so um sie herum. Als sie fertig waren und die Kameraden das Geschütz in Stellung brachten, versuchte Wilhelm, sein Fuhrwerk zu wenden, was nur möglich war durch kurzen Griff am Zaumzeug des Tieres, das angesichts des Lärms und der wohl auch für das Tier spürbaren Lebensgefahr in Panik geraten war. Es war ein anstrengendes Unterfangen, das Pferd bockte und wieherte, konnte aber wegen des engen Geschirrs und des Wagens nicht ausbrechen, so brachte er das Tier endlich in Richtung des Rückweges, legte sich wieder auf die Deichsel und in einer Art verhindertem Trab, wegen des Wagens, dessen Räder immer wieder in die tiefe Wiese einsanken, lief das Tier panisch weg vom Schlachtgeschehen. Nach ein, zwei Meilen pfiffen keine Gewehrkugeln mehr um ihn, da hielt er das Tier kurz an, um wieder auf den Bock zu steigen. Der Trancezustand, in dem er sich befand seit er in die Schlacht hineinfuhr, diese gewaltige Anspannung und permanente Todesangst, nahm wieder etwas ab, er kam zur Besinnung und sah nun auch Dinge in den Augen seiner Erinnerung, die er verdrängte, die Toten, die da lagen, die Schreie von Männern, die getroffen wurden, ja und ihre Wunden, große, stark blutende Wunden und auch Körperteile, Beine Arme und sogar einen Kopf, die herumlagen! Diese Granaten der Kanonen sind schrecklich, sie reißen Löcher in den Boden, zerfetzen Körper, die von Menschen und von Pferden, lassen Geräte und Wagen zerbersten und bei all dem stoßen sie einen ohrenbetäubenden Lärm aus! Es war entsetzlich!

Er sah eine Person, die ihm, nicht weit entfernt zuwinkte. Eine Frau, ja tatsächlich eine Frau winkte ihm zu. Er lenkte den Wagen ihr entgegen. Als er näherkam, sah er, dass ihr Kleid blutverschmiert war und sie eine Haube auf dem Kopf und eine Binde um den Arm trug mit einem roten Kreuz darauf. Neben ihr ein Fuhrwerk, das Pferd davor lag tot am Boden, auf dem Wagen und im Gras lagen mehrere Männer, einige stöhnten, einige waren offenbar tot, alle hatten schreckliche Verletzungen.

Die Frau deutete ihm, ihr zu helfen, die Verletzten auf seinen Wagen zu legen. Dieser bot aber nur wenig Platz. Mühsam hoben sie die vor Schmerzen schreienden Männer auf den Wagen, legten mehrere übereinander, dann saß er wieder auf und fuhr los, in Richtung, wo die Sanitäter sein sollten. Er sah, wie die Frau sich umdrehte und wieder in Richtung des Schlachtfeldes ging, ganz so, als ginge sie ihre Kinder abholen zu wollen. Wilhelm sah ihr mit einem Gefühl von Bewunderung und Beschämung nach, trieb dann aber sofort sein Pferd an, weiter hinter die Gefechtslinie zu fahren.

Nur eine Meile entfernt standen einige Zelte der Sanitäter. Entsetzliches Schmerzensgeschrei tönte von überall her. Männer und Frauen in blutverschmierter weißer Kleidung liefen umher, halfen ihm die Verletzten von seinem Fuhrwerk zu heben und legten sie in Reihen auf den Boden in das Gras. Es waren viele Reihen und andere Sanitäter hoben wiederum Verletzte vom Boden in eines der Zelte hinein, nachdem sie sich jeweils vergewisserten, dass der Mann noch am Leben war.

Wilhelm hielt es nicht mehr aus, er wendete sein Fuhrwerk und wollte den Platz verlassen und da sah er ihn dann. Er hielt das Pferd an und blickte auf einen der in mehreren Reihen liegenden Soldaten. Ja er erkannte das Gesicht. Es war entstellt, blutverschmiert und irgendwie vollkommen unwirklich, aber es war Egon.

Er beugte sich nochmals über den Bock hinweg um sich dieses Gesicht noch einmal anzuschauen, aber da brüllte es aus mehreren Gesichtern, die ihn vom Boden anstarrten und flehentlich nach ihm riefen, ihnen hoch zu helfen, sie auf seinen Bock zu heben, sie herauszuführen aus diesem Todeslager.

Er trieb sein Pferd an und fuhr so schnell er konnte davon.

Als Wilhelm mit Pferd und Wagen wieder beim Lagerplatz ankam, hängten mehrere Männer ihm sofort ein weiteres Geschütz an und beluden den Wagen mit Geschützkugeln und Pulvereimern. Ein Offizier zeigte ihm auf der Karte, wohin er diesmal fahren sollte und gab Befehl sofort loszufahren. Aber Wilhelm hatte längst beschlossen, er wird nicht noch einmal fahren, er weiß noch nicht wohin, aber nicht nochmal in die Schlacht!

Die Entscheidung den Befehl zu verweigern wurde ihm leichter gemacht, weil, je näher er der Frontlinie kam, desto mehr Soldaten kamen ihm in Panik rennend entgegen. Rückzug! Es sei Rückzug befohlen! Die Preußen würden sie überrennen!

Wo denn die Infanterie sei, rief Wilhelm den fliehenden Soldaten entgegen?

Die Infanterie, welche Infanterie? Die sei schon längst aufgerieben, die haben die Preußen vollkommen ausradiert! Da hat keiner überlebt!

Kurzerhand hielt Wilhelm sein Fuhrwerk an, löste das Geschütz vom Wagen, warf die Kugeln und die Pulvereimer zu Boden, sprang wieder auf den Bock, riss die Leine herum, sodass das Tier eine Kehrtwende machen musste und dann ließ er es ausgreifen und den Wagen krachend durch die Löcher und Furchen der Wiese fahren, bis sie einen Fahrweg fanden, auf dem der Wilhelm das Tier galoppieren ließ, was es fast freudig und scheinbar ohne Mühe machte. Die Richtung war egal, Hauptsache weg vom Lärm der Gewehre und Geschütze. In seine Richtung begegneten ihm keine Soldaten, die wenigen Dörfer, die er durchfuhr waren ausgestorben, die Bewohner wohl zuvor geflüchtet.

In einem Dorf hielt er an einem offenstehenden Scheunentor an. Nachdem er erkannte, dass kein Mensch auf dem Hof anwesend war, fuhr er sein Fuhrwerk hinein, schirrte das Tier vom Wagen und während er ihm einen Eimer Wasser zum Saufen gab und dessen schweißnassen Körper mit Stroh etwas abrieb, kam er langsam wieder zur Besinnung. Er zog die Uniform aus und seine Zivilkleidung wieder an. Es war ein herrliches Gefühl, diese total verdreckte, von Schweiß und Tiergerüchen stinkende Klamotte wieder am Körper zu haben, es machte ihn regelrecht glücklich. Aus dem Uniformrock nahm er noch die Kartenabschrift heraus und sah sie sich etwas genauer an. Da waren Ortsbezeichnungen und die Namen von Flüssen eingetragen, Weser konnte er lesen und Aller und ganz am oberen Rand war offenbar durch ein Halbrund eine größere Stadt eingezeichnet, gekennzeichnet mit ‚HB'.

Aber beim Wühlen nach der Karte im Rock bemerkte er auch den Umschlag vom Egon und blitzartig wurde ihm bewusst, dass er jetzt sein Versprechen einlösen, ihn jetzt seiner Witwe in Hamburg übergeben musste.

Er steckte Karte und Umschlag in seine Joppentasche, sah sich in der Scheune etwas um und fand eine alte Pferdedecke, die er dem Tier über den

Rücken legte. Als er sah, dass sie das Brandzeichen der Armee des Königs, welches das Tier an seiner Flanke trug, nur unzureichend bedeckte, schaute er sich weiter um in der Scheune und seinen Nebenräumen. Er fand einen Sattel, sehr einfacher Art und vermutlich schon lang nicht mehr benutzt, aber egal, den versuchte er seinem Pferd anzulegen. Dieses war aber verunsichert ob des ungewohnten Geschirrs, vermutlich wurde das Tier länger nicht als Reitpferd genutzt. Auch Wilhelm war sich unsicher, denn auch er war zuletzt als Kind länger geritten, sah aber keine andere Möglichkeit, als reitend sich schnellstmöglich auf den Weg weg vom Schlachtgeschehen in Richtung Norden zu machen.

Den Wagen schob er in eine Ecke und ließ von einer Etage aus Heuballen auf ihn herabfallen, bis dieser davon halbwegs verdeckt war, seine Uniform versteckte er ebenfalls darunter, dann trat er mit dem Pferd an den Zügeln vor das Tor.

Der Schlachtenlärm war schon fern aber es waren deutlich Rauchwolken zu sehen. Er schloss das große Tor der Scheune, führte das Pferd an einen Brunnen, stieg auf dessen Mauer, um sich dann vorsichtig auf den Rücken des Tieres zu heben. Das schnaubte und war etwas verunsichert, ließ sich aber kurz darauf ohne Widerwillen im Schritt leiten. Nach einiger Zeit versuchte Wilhelm es etwas anzutreiben und in Trab zu kommen, wobei er damit mehr Schwierigkeiten hatte als das Pferd, zumal sein Sattel keine Steigbügel hatte. Nach einigen Stunden musste Wilhelm pausieren, das Pferd schien nach wie vor bei Kräften, aber Wilhelms Gesäß schmerzte beträchtlich. Auch auf die Gefahr nicht mehr aufsteigen zu können, schwang er sich herab und ging eine Weile, das Pferd führend voran. Auch das nächste Dorf, was er erreichte war entvölkert, alle Bewohner offenbar geflohen. In einem Bauernhaus versorgte er sein Pferd mit Wasser und Heu und er selbst durchsuchte die Küche nach Essbarem. Er fand Brot und dazu Schinken in einer Kammer, von dem er ein paar Scheiben abschnitt und mit Heißhunger in sich hineinschlang. Dazu trank er aus einem Kübel ein Getränk, dass nach Bier schmeckte. Von den Esssachen wickelte er sich etwas in ein linnernes Tuch und befestigte das Packet am Sattel. Dann führte er das Pferd erneut an einen Holzstapel, von dem aus er aufsteigen konnte. Er stöhnte auf, als er sich in den Sattel setzte, so sehr schmerzte sein Gesäß, aber er musste jetzt durchhalten.

Tagelang war er unterwegs, fragte ab und zu Menschen, die ihm begegneten, wo es nach Hamburg ginge, aber das wusste niemand, nur die grobe Richtung konnten sie ihm nennen und irgendwann wusste jeder der Gefragten offenbar genau, wo denn die Elbe entlangfließt.

Wilhelm ritt nur morgens sehr früh noch im Dunkeln bis in den Tagesanbruch und abends in der Dämmerung bis zur vollständigen Dunkelheit. Er hatte Angst von Militär oder Schupo aufgebracht und als Fahnenflüchtiger erkannt zu werden. Der Zustand, in dem er sich befand gab allerdings keinerlei Hinweis darauf, dass er einmal Soldat in der

Armee des Königs gewesen sein könnte, so jämmerlich sah er mittlerweile aus, er konnte nur im Schritt reiten, das Blut seines schwer entzündeten Gesäßes suppte seitlich aus seiner Hose und hinterließ schwarze Ränder und dunkle Flecken. Lediglich seinem Pferd war anzusehen, dass es von besserer Abstammung war, als es gemeinhin Gäule vom Lande sind. Wenn es nicht zu kalt war hielten sie sich tagsüber irgendwo tief im Wald auf, sonst suchte er einen einsamen Unterstand oder eine Scheune, wo sich Pferd und Reiter ausruhten und Wilhelm schlafend auf Linderung seines entzündeten Gesäßes hoffte.

Die letzte Abendtour endete an irgendeinem Gewässer, wegen der Dunkelheit konnte er nichts weiter erkennen, aber er vernahm deutlich ein Rauschen.

Das Rauschen eines Flusses.

23

Die Nacht verbrachten Pferd und Reiter etwas rückwärtig im Hinterland, am frühen Morgen ritt Wilhelm erneut ans Ufer und da sah er ihn dann: den riesigen Fluss, auf dem in der Ferne mancherlei Schiffe zu erkennen waren, große wie kleine und im Nebel des anbrechenden Tages war auch immer mehr das Land gegenüber zu sehen: Holstein, seine Heimat!

Gleichzeitig kam natürlich auch die Ungewissheit auf, wie er es schaffen könnte, an das andere Ufer zu gelangen. Es war schließlich nicht nur der Fluss, den es zu überwinden galt, sondern auch die Landesgrenze zwischen den Königreichen Hannover und Dänemark.

Auf der Suche nach einem Anlieger oder Hafen ritt er weiter nach Osten gen Hamburg. Hinter dem Deich traf er auf einem Feld einen Bauern, der ihm sagte, dass es in ein paar Meilen einen Fähranlieger gäbe. Und tatsächlich erreichte er den Anlieger, hielt sich aber in Sichtweite entfernt, um diesen erst einmal zu beobachten. Am Kai warteten einige Fuhrwerke und einzelne Personen auf die nächste Fähre, deren Herannahen von Weitem zu erkennen war. Es war ein breitauslegender Segler mit Dampfunterstützung. Es dauerte noch eine halbe Stunde, bis dieser anlegte, Personen von Bord gingen und Fracht in Kisten und Ballen abgeladen und andere danach aufgeladen wurden. Mehrere Uniformierte waren dabei, einige gehörten wohl zur Besatzung des Schiffes aber mindestens ein anderer war wohl ein Zöllner, der die Waren inspizierte und sich von den Leuten irgendwelche Papiere zeigen ließ.

Nein, da wird er sicher nicht mit fahren können, zumal er sein Pferd unbedingt mitnehmen wollte, welches mühsam mit einem Kran an Bord gehievt würden müsste.

Ganz in der Nähe war ein Anlieger, an dem ein Fischkutter lag, der wohl von seinem frühmorgendlichen Fang zurückkam und nun waren mehrere Männer dabei, Kisten mit Fisch aus- und auf Fuhrwerke aufzuladen. Mit seinem Pferd an der Leine schlenderte er in deren Richtung und sah sich etwas um. Erst kaum beachtet von den Fischern, grüßten einige ihn nun beim Näherkommen, sah er doch in ihren Augen fremd aus und schauten ihn neugierig an.

Fisch würden sie oben, im Laden hinter dem Deich verkaufen, meinte einer der Männer zu ihm.

Wilhelm bedankte sich für die Auskunft, machte aber keine Anstalten fortzugehen, was die Männer etwas ratlos ihre Arbeit fortsetzen ließ. Nach einiger

Zeit fuhren einige von ihnen mit dem Fuhrwerk über den Deich, nur ein Mann, der aussah wie der Kapitän des Schiffes, blieb an dem Kutter und legte am Kai Netze zusammen und rollte Seile zu Bündeln.

Wilhelm sprach ihn an, und fragte, was es kosten würde, wenn er ihn auf die andere Seite führe. Der Mann sah ihn skeptisch an, stopfte seine Pfeife nach, entzündete sie und fragte zurück, warum er denn nicht die Fähre nähme.

Wilhelm blickte hinüber zur Fähre, die gerade ablegte und zurück nach Holstein fuhr.

Die hätte er wohl gerade verpasst, meinte er.

Der Fischer sah ihn mit ernstem Blick an, war ihm doch klar, dass Wilhelm irgendeinen triftigen Grund hatte, nicht mit der Fähre fahren zu wollen.

Schließlich fragte er, ob das Pferd auch mitsolle.

Als Wilhelm dies bejahte, meinte der Mann, dass es dann den doppelten Preis kosten würde.

Er würde es zahlen, meinte Wilhelm.

Wieder skeptischer Blick des Fischers, dann brummelte er nach einiger Zeit, er wolle zwanzig Taler.

Er würde ihm zehn Mark zahlen, erwiderte Wilhelm.

Dieses Hamburger Geld würde er nicht nehmen.

Fünfzehn Mark, bot Wilhelm zähneknirschend.

Er wolle dann wenigsten genauso viel Mark wie Taler, sagte der Fischer.

Wilhelm tat, als winde er sich unter Schmerzen, so sehr fühlte er sich von dem Fischer betrogen, in Wahrheit war es ihm fast egal was es kostete.

Gut, er stimmte zu.

Heute Abend zur Dämmerung solle er wiederkommen. Kurz vor vollständiger Dunkelheit würden sie wieder ablegen.

Wilhelm grüßte kurz mit der Hand an der Stirn und zog von Dannen.

Schon deutlich vor dem verabredeten Zeitpunkt beobachtete Wilhelm aus der Ferne den Kai, an dem der Fischkutter lag, mehrere Männer waren dabei, ihn für die nächste Fangfahrt fertigzumachen. Am Fähranleger war außer den Fischern sonst kein Mensch zu sehen. Als er merkte, dass die Männer fertig waren und offenbar nur noch auf ihn warteten, ritt er schnell hinüber. Als er am Kai abstieg, rief der Kapitän ihm schon zu, er solle sich beeilen, die Tiede würde nicht auf ihn warten. Offenbar nur zum Zwecke, sein Pferd auf den Kutter zu verfrachten, hatten die Männer Holzbohlen vom Kai an die Bordkante gelegt und nun halfen sie Wilhelm, das Tier auf das Schiff zu bekommen. Es scheute etwas, hatte aber derweil schon so viel Vertrauen in Wilhelm, dass er es mit gutem Zureden und etwas Ziehen und Zerren der anderen herüber bekam. Wilhelm band es am Mast an, die Bohlen zogen die Männer an Bord und schon wurden die Tampen gelöst, das Segel gesetzt und die Fahrt ging los, der Kapitän am Steuer.

Einer der Männer kam auf Wilhelm zu und signalisierte, er solle ihm das Geld geben, nach Blickkontakt zum Kapitän, drückte Wilhelm dem Mann die zuvor abgezählten zwanzig Mark in die Hand, welche dieser sogleich an den Kapitän weitergab.

Schnell waren sie auf dem Fluss und sofort frischte der Wind auf und das Segel blähte sich und drehte in den Wind. Es schaukelte beträchtlich und die Gischt der Wellen schlug über Bord. Nach dem Anluven änderte der Kapitän den Kurs und sie fuhren nicht auf direktem Weg über den Fluss, sondern leicht schräg flussaufwärts. Mehrmals änderte der Kapitän den Kurs, da sie kreuzen mussten, um nicht zu weit abzukommen. Derweil wurde es stockdunkel und auf Holsteiner Seite waren die Lichter von Häusern und manche Leuchtfeuer zu sehen. Der Kapitän fuhr erneut ein ordentliches Stück flussaufwärts, um dann um ein entgegenkommendes Dampfschiff, welches offenbar von Hamburg kommend zur Nordsee fuhr, in dessen Fahrwasser hinein zu wenden. Die Wellen und die Gischt schlugen gegen die Bordwand und über die Reling, wobei die Männer eine gehörige Wasserladung abbekamen, was den Fischern im Gegensatz zu Wilhelm allerdings nichts ausmachte, da sie Ölzeug anhatten. Kurz darauf waren sie raus aus dem Fahrwasser des Dampfers und die Fahrt beruhigte sich wieder, allerdings war es jetzt vollkommen dunkel und abgesehen von den Steuer- und Backbordlampen des Kutters war auch in der Ferne nichts zu sehen. Eine Insel würde jetzt zwischen ihnen und der Küste liegen, klärte einer der Männer Wilhelm auf, aber gleich könnten sie die Lichter von Glückstadt sehen.

Wie der sich öffnende Vorhang in einem Theater den Blick auf eine hell erleuchtete Bühne freigibt, so

Thorsten Spanuth

leuchtete jetzt auch Glückstadt, nachdem der Kutter um die bewaldete Insel herumkam und der Kapitän steuerte direkt auf den Hafen zu. In Wilhelm stieg sofort wieder die Angst auf, er könne am Hafen von irgendwelchen Uniformierten in Empfang genommen werden. Aber nein, das nasskalte Winterwetter veranlasste offenbar Niemanden sich nachts am Hafen aufzuhalten. Mit einer geschickten und offenbar sehr kenntnisreichen Wende drehte der Kapitän das Schiff zur Seite, während die Männer zuvor das Segel eingeholt hatten. So schob sich das Boot nun gemächlich voran an die Kaimauer. Zwei Männer sprangen von Bord, um es festzumachen.

Er solle sich beeilen rief der Kapitän und die anderen halfen Wilhelm und sein Pferd von Bord zu bringen. Er hatte gerade den Boden betreten, da lösten sie schon die Taue und seinen Gruß kaum mehr erwidernd, verschwand der Fischkutter wieder auf der Elbe, so schnell wie er gekommen war.

Wilhelm nahm das Pferd am Zügel und machte sich auf den Weg, aus dem Hafen heraus. Er atmete die kalte Luft tief ein, als sei diese hier in Holstein eine andere, viel bessere, als die woanders in der Welt, er fühlte sich rundum glücklich, fast so, als sei er bereits zu Hause.

Die innere Sorge, irgendwo aufzufallen und Jemanden zu bewegen, die Schupo zu rufen, ließen ihn Richtung Ortsende gehen, aufsitzen und an der Elbe entlang Richtung Hamburg reiten.

Zwei Tage später erreichte er die Grenze zu Altona. Aussehend wie ein hiesiger Bauer wurde er von den Zollbeamten nicht aufgehalten, die sich nur um Fuhrwerke und deren Waren kümmerten. Auf der großen Chaussee namens Palmaille hatte er einen Blick auf den Hafen mit seinen unzähligen Schiffen und durch das Nobistor hindurch gelangte er nach Sankt Pauli.

Er erinnerte sich nur widerwillig an seinen ersten Besuch hier, ritt durch die Reeperbahn mit seinem Spielbudenplatz zur Rechten und den Reepschlägerbahnen zur Linken auf das Millerntor zu. Er stieg ab und reihte sich in die Menschenmenge, die sich durch das Tor nach Hamburg hinein ihren Weg bahnte. Kein Uniformierter hielt ihn an.

Als er hindurch war, machte er eine kurze Pause und zog den Umschlag von Egon aus seiner Joppentasche. Auf ihm stand in krakeliger Handschrift der volle Name von Egons Frau und eine Anschrift in Hammerbrook, einem neuen Wohnviertel irgendwo im Osten der Stadt.

Er fragte sich durch Richtung Hammerbrook, führte das Pferd, saß manchmal wieder auf, wenn es ein Stück des Weges ging, aber die innere Anspannung, gleich der Frau gegenüber zu stehen, um ihr zu berichten, ihr Mann sei im Krieg gefallen, steigerte sich zusehends und dabei konnte sein Staunen über die Stadt, die vielen Menschen, die Fuhrwerke und Kutschen und vor allem der große Bahnhof an der Amsinckstraße, wo gleich mehrere Züge mit qualmenden, großen Lokomotiven und ratternden Waggons ankamen und abfuhren, ihn nicht ablenken.

Hammerbrook war irgendwie sofort zu erkennen, denn das Quartier bestand aus unzähligen, mehrstöckigen, aber sehr eng gebauten Wohnblöcken. Dazwischen viele spielende Kinder, die ihn und sein Pferd sofort umringten, denn offenbar war ein reitender Mann, der augenscheinlich kein Uniformierter ist, keine Alltäglichkeit mehr.

In der auf dem Umschlag verzeichneten Straße stieg er ab und führte sein Pferd in einen Innenhof, wo ihn lautes Geschrei spielender Kinder empfing, welches sich durch die schachtartige innere Öffnung des Baus zusätzlich verstärkte, dazu die eine oder andere sich aus dem Fenster beugende Mutter, die von weit oben ihre Kinder rief und Wäsche aufhing oder abnahm, die auf Leinen zwischen den Häusern hing.

Vor dem besagten Hauseingang werkelte ein Mann mit Schiebermütze und Pfeife im Mund an einem Holzstück, so etwas wie eine Schranktür oder Ähnliches. Wilhelm fragte ihn nach Mathilde Jahn.

Der Mann sah ihn etwas zwiespältig an, nahm die Pfeife aus dem Mund und sagte, die wohne oben, im dritten Stock rechts. Wilhelm bedankte sich, band sein Pferd an und ging vorsichtig den engen, dunklen und ziemlich niedrigen Treppenaufgang hinauf. Überall die Geräusche der Bewohner, Sprechen, Schimpfen, Schreien und auch Lachen. Er besah sich die Wohnungstüren und verglich irgendwo weit oben den Namenszug an der Tür, dabei bemerkte er, dass der Mann von vor der Haustür ihm nach oben gefolgt war und jetzt stand er auf der Etage neben ihm. Die

Tür sei die Richtige sagte er, öffnete sie und ging hinein. Er rief nach Mathilde, sie hätte Besuch. Wilhelm blieb an der Tür stehen, bis eine Frau mit schwangerem Bauch zur Tür kam, der Mann von eben neben ihr, legte seinen Arm um ihre Schulter. Sie sahen ihn gespannt an.

Wilhelm räusperte sich und sagte, er hätte Nachricht von ihrem Mann. Die Frau sah ihm fest ins Gesicht, so als hätte sie es erwartet, dass eines Tages jemand gerade so wie der Wilhelm jetzt vor ihr stehen würde, um ihr genau das zu erzählen.

Daraufhin nahm der Mann seine Hand von ihr und ihr Blick ging an Wilhelm vorbei, offenbar in den Flur in Richtung der Tür zur Nachbarwohnung.

Er solle hereinkommen, sagte sie, zog ihn regelrecht hinein und schloss die Tür hinter ihm.

Er folgte ihr durch den Flur in die Küche und mit einem Handzeichen ermunterte sie ihn sich am Küchentisch zu setzen. Wilhelm nahm seine Mütze ab und setzte sich, Mathilde setzte sich ihm gegenüber und der Mann stellte sich neben sie.

Wilhelm legte stumm den Umschlag von Egon vor der Frau auf den Tisch, sodass sie ihren Namen und Anschrift darauf lesen konnte.

Als sie die Schrift erkannte, fing sie an zu Schluchzen. Er sei einfach abgehauen, der Egon.

Nein, der Egon sei nicht abgehauen, sie beide seien shanghait worden, setzte Wilhelm an.

Sie verstand nicht, was das bedeute, sodass jetzt der Wilhelm ihr grob die Geschichte erzählte von ihrer Zwangsheuer auf dem englischen Schiff, ihrer

Flucht in England, der Reise durch Holland und ihrer Gefangennahme im Königreich Hannover, wo sie in der Armee haben dienen müssen und ja, der Egon in einer Schlacht gefallen sei.

Ihr Schluchzen ging in Weinen über und sie wischte sich die Tränen mit der Schürze ihres Kleides trocken. Wilhelm wartete geduldig, dann nahm sie den Umschlag und öffnete ihn. Sie kippte den Inhalt aus, der aus einem Kettchen mit einem daran befestigten Ring bestand, vermutlich Egons Ehering. Sie öffnete den Brief, der nur wenige Zeilen in großen ungelenken Buchstaben enthielt und jetzt wurde ihr Weinen so bitterlich, sodass der Mann sie trösten musste. Wilhelm wusste nicht wohin. Als der Mann ihn streng anschaute, sprang Wilhelm vom Stuhl auf, sagte, es täte ihm leid, drehte sich um und stürzte regelrecht aus der Wohnung und dem Haus heraus, nahm sein Pferd, zog es auf die Straße, saß auf und ritt davon.

Er dachte an Egon und innerlich verabschiedete er sich erst jetzt richtig von ihm und dankte dem Herrgott, dass er verhindert hatte, dass Egon diese Rückkehr nach Zuhause nicht hatte erleben müssen.

24

Der Besuch bei Egons Ehefrau nahm ihn zwar gehörig mit, aber irgendwie fühlte er sich jetzt auch befreit, wollte alles eben Erlebte regelrecht vergessen, und nur noch nach Hause, so schnell wie möglich.

Er fragte mehrere Passanten nach der Richtung zum großen Alstersee, denn er wollte versuchen die gleiche Wegstrecke, wie auf dem Hinweg aus der Stadt heraus, durch die Vorstadt, zum Ochsenzoll und dann auf die Chaussee nach Segeberg finden.

Viele Stellen des Weges riefen Erinnerungen hervor, das Bauerngehöft und die Villen in Harvestehude, der Flusslauf der Alster bis Langenhorn, die Zollstation am Ochsenzoll, die er ohne Aufenthalt passieren konnte, die qualmende Glasfabrik in Tangstedter Heide, die Wirtshäuser, in denen er übernachtete und natürlich entgegenkommende Viehhändler mit ihren Ochsen auf dem Weg nach Hamburg.

Der Rückweg zu Pferd machte sich deutlich einfacher als der mühsame Hinweg mit dem Karli an der Leine, zumal er, je näher er seinem Zuhause kam, immer schneller unterwegs war, was dank seines gesunden, kräftigen Pferdes auch kein Problem war.

Er wurde allerdings nicht nur immer schneller, sondern auch innerlich immer unruhiger. Seit er aus der Wohnung in Hammerbrook herausstürzte, dachte er nur noch an Catherine, seine Kinder, seinen Hof und mehr und mehr beschlich ihn die Sorge, dass irgendetwas nicht in Ordnung sei. Dass seine Frau einen anderen Mann genommen hätte, nein, das glaubte er nicht, aber irgendetwas ist geschehen, das spürte er am ganzen Körper.

Nachdem er kurz vor Segeberg abbog, auf die letzten Meilen zu seinem Hof, wurde er wieder langsamer, ließ er das Pferd nur noch im Schritt reiten, dann stieg er ab und führte das Tier an den Zügeln und ging mit unsicheren langsamen Schritten.

Es fing an zu regnen. Die ganze Zeit hatte es fast gar nicht geregnet und im Winter gab es auch kaum Schnee, nun regnete es. Ein leichter, nieseliger Landregen, der ihn schon nach kurzer Zeit durchnässte und seine Joppe, die bisher alles ertragen hatte, war feuchtnass auf den Schultern.

Ihm wurde kalt.

Und da kam er an das erste seiner Felder.

Es war nicht bestellt, Unkraut wucherte, der Boden war länger nicht gepflügt, Furchen waren darin, Matschsuhlen von Wildschweinen, die wohl nach irgendwelchen Resten suchten, Kartoffeln vielleicht.

Er fing an zu zittern.

Nach zwei Meilen kam sein Hof in Sicht und sofort wusste er, dass etwas nicht stimmte, denn der Schornstein qualmte nicht. Hatte Catherine nur das Feuer wieder ausgehen lassen?

Nein, der ganze Hof lag seltsam still und als er an Catherines Kräutergarten vor dem Vordereingang stand, sah er, dass auch dieser vollkommen verwildert war.

Was zum Teufel ist hier geschehen?

Er traute sich nicht das Haus von vorne zu betreten, führte stattdessen das Pferd hinten herum an die Scheune, atmete tief durch, als er den großen Riegel zur Seite hob, um den einen Flügel des Scheunentores zu öffnen, dann betrat er die Tenne.

Keine Tiere in der Scheune, das Gatter zum Verschlag seines Ackergauls stand offen. Er führte sein Pferd hinein, nahm ihm Sattel, Decke und Zaumzeug ab, dann holte er einen Eimer Wasser und etwas Heu. Das Pferdeputzzeug lag an seinem Platz und er griff nach der Bürste und ging dem Tier damit über den Rücken. Als er fertig war, legte er die Bürste mit zittrigen Händen zurück, schloss das Gatter und starrte auf die Tür zur Stube.

Er setzte einen langsamen Schritt vor den anderen, bis an die Tür, dann drückte er die Klinke hinunter und zog die Tür auf.

Stille, wo ihm sonst fast immer Kindergeschrei entgegenschallte. Jetzt hörte er nur das Rauschen des Blutes in seinen Ohren. Er ging durch den Flur und stand nun in der Küche. Alles war staubig, Essbares war nirgends zu sehen, etwas schmutziges Geschirr im Spülstein, das schon länger dort lag, Catherines Wasserkessel stand auf dem Ofen.

Kalt.

Er ging ans Fenster und starrte hinaus.

Herrgott, was ist hier geschehen?, fragte er sich erneut und kämpfte mit den Tränen.

Seine zittrige Hand glitt über den Esstisch und er sah kurz auf die Spur seiner Finger, die der von ihm verwischte Staub auf dem Holz hinterließ. Sein Blick streifte weiter zum Ofen, dem Küchenbüfett, mit dem guten Geschirr von Catherines Mutter hinter Glas, zu den Schlafnischen der Kinder, denen die Matratze und die Bettdecke fehlte, dann ging sein Blick wieder zum Fenster hinaus.

Gott erbarme Dich, stieß er leise, aber mit vollkommener Verzweiflung aus.

Nach Minuten des Hinausstarrens und nahezu regungslosen Verharrens drehte er sich abrupt um, verließ die Küche so wie er gekommen war und kehrte zurück in den Stall zu seinem Pferd, zäumte es erneut auf und ritt los.

Der Hof von Jürgen und Catherines Schwester Margarethe ist nicht weit und er ließ das Pferd im Galopp ausgreifen.

Schon von Weitem ein ganz anderes Bild, der Schornstein qualmte, Kinder spielten und als sie ihn sahen, beendeten sie abrupt ihr Spiel, starrten ihn an. Es waren neben den Homann-Kindern auch welche von Seinen: Seine Jüngeren, der August, die Bertha,

Anna, Emma und die kleine Marie, die schon viel größer geworden ist, seit er sie das letzte Mal sah, alle sind viel größer geworden.

Noch bevor er auf dem Hof abstieg, liefen alle Kinder wie der Wind hinein und riefen laut, der Papa, der Papa sei da.

Wilhelm band sein Pferd an und stand auf der Schwelle zur Tür. Kein Mucks war von innen zu hören. Er drückte die Tür auf, trat hinein und stand, genau wie in seinem Hof unmittelbar in der großen Küche. Die älteren Kinder saßen am Tisch, die jüngeren standen drumherum, am Ende des Raumes stand Margarethe, die sich gerade aus einem Stuhl erhob, einen Säugling in ihren Armen haltend, neben ihr Jürgen.

Alle starrten ihn an. Nein, nicht alle, seine eigenen Kinder starrten zu Boden.

Wilhelm trat unsicher vor, zog seine Mütze vom Kopf.

Stille.

Er war unfähig, nur einen Laut von sich zugeben, nicht einmal einen Gruß, sein Mund staubtrocken wie sein Acker im Hochsommer, er konnte seinen Gaumen nicht bewegen.

Auch die Anderen sprachen kein Wort, zwei der Kinder rangelten um einen Platz am Tisch, vermieden dabei aber nur einen Mucks von sich zu geben.

Margarethe und Jürgen schauten ihn seltsam an, nicht freundlich, nicht unfreundlich, vielleicht beschämt, er wusste es nicht.

Niemand bewegte sich.

Schließlich trat Margarethe vor ihn, streckte ihre Arme aus und überreichte ihm das in Leinen gewickelte Kind. Das sei der Johannes, sein Sohn, sagte sie.

Etwas zögernd nahm er das Kind, sah es aber nur kurz an und danach wieder der Margarethe mit fragendem Blick ins Gesicht.

Sie drehte den Kopf zu Seite, konnte seinem Blick nicht standhalten. Dann sagte sie, ihre Schwester, die Catherine hat die Geburt nicht überlebt. Sie blickte stumm zu Boden, wollte wohl wegen der ganzen Kinder nicht mehr erzählen, drehte sich um und ging zurück zu ihrem Mann, der sie in den Arm nahm und tröstete.

Wilhelm sah seinen Sohn an. Ein rundliches kleines Gesicht mit dünnen, hellen, blonden Haaren.

Das Kind öffnete seine kleinen blauen Augen und lächelte ihn an.

GLOSSAR

Dies ist ein Roman, seine Handlung entsprang rein aus der Fantasie des Autors. Die Teile der Handlung, in denen Personen der Geschichte genannt, oder Geschehnisse in Zusammenhang mit diesen Personen dargestellt wurden, sind geschichtlich nicht belegt und der Autor möchte auch ausdrücklich nicht behaupten, dass sich die Dinge tatsächlich so zugetragen haben.

Nachfolgend einige Erklärungen zu handelnden Personen und Orten in der Reihenfolge ihres Auftretens:

Die Landbevölkerung
lebte bis ins 19. Jahrhundert besonders im östlichen Teil Schleswig-Holsteins in sehr ärmlichen Verhältnissen. Auch der Kreis Segeberg war dabei von Leibeigenschaft geprägt, die erst durch Agrarreformen ab 1800 langsam zurückging.

Wilhelm
ist ein in der damaligen Zeit verbreiteter Männername, wobei ihn weniger einfache Männer tragen, als vielmehr viele Könige (mindestens als Zweitname). Ich vermute, dass diese Namensgebung unter der einfachen Bevölkerung einhergeht mit einer gewissen Verehrung für Herzöge, Fürsten oder Könige. In diesem Roman müssen Sie bei Lesen

daher leider ein wenig aufpassen, von welchem
Wilhelm gerade die Rede ist.

Friedrich Wilhelm

Hier meint im allgemeinen Sprachgebrauch der
damaligen Zeit die Bevölkerung den Preußenkönig
Friedrich Wilhelm IV, der versuchte die erste
Schleswig-Holsteinische Erhebung von 1848-1850,
die das Ziel der Loslösung von der dänischen
Herrschaft hatte, durch Unterstützung Preußens im
Sinne der Vergrößerung seines Machtbereiches zu
beeinflussen. Die unerwartet starke Gegenwehr der
Dänen führte dann aber dazu, dass er diese
Unterstützung später zurücknahm und damit die
Erhebung in sich zusammenfiel.

Segeberger Land / Herzogtum Holstein

Heute ist Bad Segeberg Kreisstadt des Kreises
Segeberg, damals Teil des Herzogtums Holstein.
Dieses war durchgängig deutschsprachig und
maßgeblich deswegen auch Mitglied im Deutschen
Bund. Regiert und damit quasi beherrscht wurde das
Herzogtum durch den jeweiligen dänischen König,
der in Personalunion auch Herzog von Holstein war,
was von der Bevölkerung (auch von einem Teil der
Bevölkerung im nördlich von Holstein
angrenzenden Herzogtum Schleswig) als
Fremdherrschaft angesehen wurde.

Friedrich Wilhelm III

preußischer König und Vater von Friedrich Wilhelm
(Thronfolger ab 1840 als Friedrich Wilhelm IV) und

Wilhelm (offiziell ab 1861 Thronfolger seines verstorbenen Bruders als Wilhelm I und ab 1871 in Personalunion Deutscher Kaiser)

Friedrich VII
bis zu seinem Tod 1863 König von Dänemark und Herzog von Schleswig-Holstein in Personalunion

Tangstedter Heide
war der ursprüngliche Name von ‚Glashütte‘, einem Dorf, das seit 1970 zusammen mit drei weiteren Gemeinden zu der Stadt Norderstedt vereinigt wurde. Die Glasproduktion als Namensgeber, befeuert durch den Torfabbau war aber zur fraglichen Zeit bereits eingestellt.

Ochsenzoll
ist der aus der Geschichte verbliebene Name eines jetzigen Wohn- und Geschäftsquartiers auf der Grenze des heutigen Hamburg und Schleswig-Holstein. Er leitete sich dadurch ab, dass sich dort an der ehemaligen Grenze von Holstein (zu Dänemark gehörig) und Hamburg (eigenständig, später zu Preußen gehörig) eine Zollstation befand. Gleichzeitig schloss an dieser Stelle der seit dem 16. Jahrhundert bestehende Ochsenweg an, über den Vieh von Dänemark aus nach Hamburg bis nach Wedel verbracht wurde. Entsprechend gab es schon immer Aktivitäten, diese Zollgrenze zu umgehen. Straßennamen, wie der ‚Schmuggelstieg‘ erinnern heute noch daran.

Friedrich Wilhelm IV

erlitt 1857 mehrere Schlaganfälle, die dazu führten, dass sein Bruder Wilhelm die Regierungsgeschäfte übernahm, resp. er wohl maßgeblich auf dessen Druck ihm die Geschäfte übertragen musste, damit dieser die vom ihm proklamierte ‚Neue Ära' einläuten konnte. Die von Wilhelm behauptete ‚Schwachsinnigkeit' seines Bruders ist von der neuesten Forschung allerdings widerlegt worden.

Graf Otto von Bismarck

(erst 1871 von Kaiser Wilhelm I zum Fürsten ernannt) erlebte während seiner politischen Laufbahn gleich vier preußische Könige und Kaiser und war wohl unbestritten maßgeblich in die jeweilige Staatspolitik in verschiedenen Funktionen und Aufgaben eingebunden. Er ist wohl nicht der Erfinder der Deutschen Einheit, sicher aber ihr vehementester Unterstützer und Förderer. Bei aller heutigen Kritik an seiner Person, muss man wohl annehmen, dass der Zusammenschluss Deutschlands, welches aus mannigfaltigen Fürsten-, Herzog- und Königtümern bestand zu einem Nationalstaat ohne ihn nicht oder anders verlaufen wäre. (ohne, dass ich dies werten wollte)

Harvestehude

heute ein Hamburger Nobelstadtteil, lag er damals noch außerhalb in der Vorstadt. In der fraglichen Zeit veränderte sich die Gegend um den nördlichen Rand der Außenalster durch den Bau vieler Kaufmannshäuser, denen die ehemals bäuerlichen

Anwesen weichen mussten.

Friedrichsruh

bei Aumühle im Sachsenwald lag (und liegt immer
noch) an der Bahnstrecke zwischen Berlin und
Hamburg. Nachweislich dies machte es für Bismarck
interessant. Wilhelm I schenkte ihm dieses Lehen
nach dessen Kaiserkrönung 1871. Bismarck verlegte
nach seiner Entlassung durch Wilhelm II 1890
seinen Altersruhesitz dorthin. Es ist eher nicht
anzunehmen, dass Bismarck bereits 1859 schon
einmal da war.

Up ewig ungedeelt

‚auf ewig ungeteilt' ist der niederdeutsche Leitspruch
der Schleswig-Holsteinischen Erhebung von 1848,
der dem Vertrag von Ripen von 1460 entsprach,
worin die Zusammengehörigkeit der Herzogtümer
Schleswig und Holstein besiegelt wurde. Allerdings
gab es von der Dänischen wie auch der Deutschen
(bzw. preußischen) Seite immer Bestrebungen, dieses
auszuhebeln: Beide Herzogtümer (der Herzog war
der jeweilige dänische König in Personalunion)
unterstanden formal Dänemark, in Schleswig wurde
vielfach Dänisch gesprochen, Holstein hingegen war
Mitglied im Deutschen Bund (sinngemäß ein
Vorläufer der heutigen Bundesrepublik) nutzten die
Sprache als Basis ihre territorialen Ansprüche
geltend zu machen.

Trichter-Zirkus

war ein Vergnügungsetablissement am Eingang der
Reeperbahn, wo heute die Gebäude „Tanzende
Türme" stehen. Durch das 19.Jahrhundert hindurch
wurden dort verschiedenartige Veranstaltungen
durchgeführt, neben Musik und Tanz auch Varieté
und Dressurvorführungen.

Katharina Orlowa

war im fraglichen Zeitraum tatsächlich Otto von
Bismarcks Geliebte, wann genau die Affäre, die
seiner Ehefrau bekannt und von dieser sogar
geduldet wurde, begann, ist nicht belegt. Belegt ist
allerdings, dass er 1862 mit ihr auf Urlaub in Biarritz
im Atlantik badete und fast ertrank. Nur durch die
beherzte Rettung eines Leuchtturmwärters konnten
beide gerettet werden. Andernfalls wäre wohl der
Verlauf der deutschen Geschichte ein anderer
geworden.

Eiderdänen

nannte sich die Vereinigung des dänisch
sprechenden Bevölkerungsteils des nördlichen
Herzogtums Schleswig, der einen vollwertigen
Anschluss des Gebietes bis zur Eider an das
Königreich Dänemark und damit die ausdrückliche
Abkopplung vom südlichen Landesteil und
Holsteins anstrebte. Vorgeblich wegen des Vertrages
von Ripen hat sich aber nie ein dänischer König
daran gewagt, diesem Wunsch zu entsprechen.

Georg V

war der letzte König des Königreiches Hannover,
welches ungefähr die Fläche des heutigen
Niedersachsen ausmachte. Es sah sich schon länger
durch Preußen bedroht, welches in Wilhelmshaven
einen ‚Kriegshafen' errichtet hatte. Es ist
anzunehmen, dass Preußen den politischen Druck
auf Hannover in der fraglichen Zeit verstärkte, nicht
zuletzt, weil Georg V durch eine Krankheit erblindet
war. Die im Roman geschilderten kriegerischen
Handlungen 1859 sind nicht belegt, jedoch Georgs
starre Haltung, seine Armeen den preußischen zu
unterstellen zu verweigern. Erst nach der Schlacht
von Langensalza 1866 wurde das Königreich
Hannover von Preußen besetzt und Georg V musste
nach Wien ins Exil flüchten.

Hammerbrook

war in der damaligen Zeit ein Wohngebiet für die
Arbeiterbevölkerung, gekennzeichnet durch enge,
mehrgeschossige Wohnbauten. In den
Bombennächten 1943 wurde Hammerbrook fast
vollständig zerstört. Der Stadtteil wurde nach dem
Krieg nicht wieder als Wohnstadtteil aufgebaut,
stattdessen siedelten sich dort eine Vielzahl von
Gewerbe- und Industriebetrieben an.

Schleswig-Holsteins

Loslösung von Dänemark und Anbindung an Preußen sollte noch ein paar Jahre auf sich warten lassen. Nach dem Tod Friedrich VII 1863 übernahm Christian IX aus dem Hause Glücksburg die Regentschaft in Dänemark. Preußen machte erst 1864 Schleswig und Holstein nach einem Krieg gegen Dänemark zu seinen Provinzen, wobei Holstein sogar bis zum Krieg 1866 gegen Österreich unter eine österreichische Herrschaft fiel. Nach dem Krieg gegen Frankreich 1870/71 und der Kaiserkrönung Wilhelms I in Versailles, wurde Schleswig-Holstein Teil des Deutschen Reiches.

NACHWORT

Die Familienchronik meines Stammvaters Heinrich
Wilhelm Spanuth (1811-1872) diente mir als Grundlage
zu diesem Roman. Allerdings lebte er fast durchgängig in
Hannover und hatte Hamburg nur einmal in seinem
Leben besucht. Dieser Besuch endete sogar noch fast
tödlich, da er dort schwer erkrankte.
Als Catherine 1859 im Alter von nur 41 Jahren starb, war
sie mit Heinrich Wilhelm genau 20 Jahre verheiratet
gewesen. In dieser Zeit gebar sie vermutlich 12 Kinder,
von denen ungefähr 10 lebend geboren wurden. Zum
Zeitpunkt ihres Todes hinterließ sie fünf ihrer Kinder
noch im Kleinkindalter.
Heinrich Wilhelm heiratete 1862 erneut, gem. Chronik
‚der Kinder wegen‘.
Er lebte als Schneidermeister nahezu durchgängig unter
teils sehr ärmlichen Verhältnissen.
Sein ältester Sohn Ferdinand besuchte das Lyceum
(Gymnasium), studierte anschließend, erwarb den Titel
eines Dr. phil. und war bis zu seinem Tod Lehrer in (Bad)
Oldesloe. Er hatte in einer ersten Ehe sechs, in einer
zweiten Ehe zwei Kinder.
Aus dieser Ehe stammt ein Sohn namens Carl-Nils,
verheiratet mit Jessie, einer Frau aus Indien, deren Sohn
Karl-Heinrich und dessen Sohn Michael mein Vater ist.
Und ich selbst bin stolzer Vater zweier Söhne.
So verläuft der Gang des Lebens.

Thorsten Spanuth